MCS

Past Fiction

Band 1

Ein neuer König

PAST

BAND 1

FICTION

EIN NEUER KÖNIG

MCS

2. Auflage, 2020

Lektorat: Michael Lohmann, worttaten.de
Korrektorat: Birgit Schachel
Umschlaggestaltung: Dino Buljubasic
Satz: Laura Newman - design.lauranewman.de

Bibliografische Information der Deutschen Nationalbibliothek: Die
Deutsche Nationalbibliothek verzeichnet diese Publikation in der
Deutschen Nationalbibliografie; detaillierte bibliografische Daten sind
im Internet über dnb.dnb.de abrufbar.

© 2020 MCS
c/o SP-Day Impressum-Service
Dr. Lutz Kreutzer
Putzbrunner Straße 9c
81737 München
pastfiction@web.de
www.pastfiction.de

Herstellung und Verlag: BoD – Books on Demand, Norderstedt.
ISBN: 9783750435285

INHALT

ERSTES BUCH

KAPITEL 1
Kindesraub

Vea reißt die Augen auf, ihre Pupillen bewegen sich, sie starrt in die Dunkelheit. Geräusche dringen durch die Lehmwand ihrer Rundhütte. Sie richtet ihren Oberkörper auf, ist sich nicht sicher, ob der anschwellende Lärm nicht ein Traum ist. Ein Schlag, Vea durchfährt ein Schreck, das Geflecht ihrer Hütte knirscht. Ein Geräusch schlägt neben ihr ein. Vea denkt nicht, möchte nicht wissen, was durch die Lehmwand kam. Ihre spitzen Finger ertasten an der vermuteten Stelle den scharfen Stein einer Speerspitze. Langsam entfernen sich ihre Finger, bewegen sich zusammen und auseinander, spüren eine klebende warme Flüssigkeit, dickflüssig.

Blut, denkt sie, sie erwacht aus einem Schock oder Traum, der keiner ist. Ihr drei Monde altes Baby bewegt sich neben ihr, ein Laut verlässt die kleinen Lippen. Ein Laut, den nur Vea hört, außerhalb der Lehmwände brüllt ein grausamer Kampf. Augenblicklich erhellt sich ihre Hütte, Vea schaut hinauf, Flammen erwärmen ihr Gesicht. Glimmendes Stroh fällt vom Spitzdach.

Reflexartig drückt Vea ihren Erstgeborenen an ihren Oberkörper, reißt das Fell vor dem Eingang weg. Sie rennt hinaus und stoppt nach einigen Schritten. Steht nackt mit ihrem Baby im Arm in der Mitte ihres Dorfes; sie war bereit, ihren Gefährten zu empfangen, wenn er von seiner Nachtwache zurückkehrt. Aus dem umgebenen Lärm hört Vea seine Rufe.

»Vea, lauf, laaauf.«

Vea rennt zwischen den Rundhütten ihres Dorfes; der Lärm der wütenden Feuer mischt sich mit Schreien und Kampflärm. Ihre schnellen Beine tragen sie, weichen den Eindringlingen aus, vorbei an Dorfbewohnern, mit denen sie diesen einst friedlichen Ort teilte und die tot auf dem Boden liegen. Vea lässt ihr Dorf hinter sich, entfernt sich vom Lärm, hinein in den Busch.

Am Rand eines großen Busches, zwischen hohem Gras, sinkt sie in die Hocke. Der Kampflärm gleicht dem leisen Grollen eines entfernten Gewitters. Vea lockert ihre Umarmung, betrachtet im Schein von Vater Mond das friedliche Gesicht ihres Sohnes. Ein Knacken, Vea schaut auf, in einigen Schritten Entfernung entdeckt sie eine weibliche große Gestalt, nicht gedrungen wie die Angreifer. Ein laut geflüstertes

»Hey« und mit einem Winken macht sie die Gestalt auf sich aufmerksam. Aufrecht, mit festem Schritt, nähert sich die weibliche Gestalt. Zwei Schritte vor ihr erkennt Vea im Licht von Vater Mond das Gesicht, mit der flachen Nase und den Wülsten über den Augenbrauen, ein Mischling. Ein kurzer Schrei verlässt Veas Kehle, sie fällt zur Seite, getroffen von einem Stein in der Hand des Mischlings. Ihr regloser Körper wird auf den Rücken gedreht, ihre Arme geöffnet.

Die Schreie ihres Sohnes entfernen sich, in ihren feuchten Augen spiegelt sich das fast runde Antlitz von Vater Mond, dem sie einst für die Geburt ihres Sohnes dankte. An ihn richtet sie ihren letzten Gedanken.

Vater Mond, achte auf meinen Sohn!

KAPITEL 2

Geburt eines weißen Kindes

Viele Tagesreisen entfernt richtet ein Krieger seinen Blick auf das Firmament. Die Regenzeit ist vorbei, keine Wolke trübt Vater Mond. An dessen Seite scharen sich die leuchtenden Feuerstellen der Ahnen. Zikaden begleiten die Nacht mit ihrem fortwährenden Zirpen. Ein heller Schmerzensschrei durchbricht das Zirpen, gefolgt von einem hechelnden Atem. Ein weiterer Aufschrei endet in einem Stöhnen. Das Zirpen gerät in den Hintergrund, übertönt von Schmerzensschreien. Arrom starrt mit wachen Augen auf seine Rundhütte mit dem spitz zulaufenden Grasdach, in der die Schreie verstummen. In seinen Armen regt sich sein schlafender Sohn Hagam. Bekleidet mit einem Lendenschurz steht Arrom auf, er ist ein Krieger und gewohnt, bei der Jagd in Geduld zu verharren. Doch eine Stille umgibt ihn, eine alles verschlingende Stille, in der Arrom die Zikaden nicht mehr hört. Ein Schrei erlöst ihn, bringt ihn zurück in die Welt. Der Schrei eines Neugeborenen, begleitet von kurzen Pausen des Atmens. Arroms breiter Mund öffnet sich, seine dunklen Lippen formen ein verkrampftes Lächeln. Eine dunkle Hand schiebt die Lederhaut vor dem Eingang beiseite, das Licht der Feuerstelle grellt hinaus.

»Schnell, Erebe, berichte den Schamanen!« Ein leichter Wind streift über Arroms schwarze und zu zahlreichen Zöpfen geflochtenen Haare. Erebe tritt aus der Hütte heraus: eine junge Frau mit kahl geschorenem Kopf. Unbeachtet von Arrom setzt sich Erebes schlanker Körper in Richtung der Schamanenhöhle in Bewegung. Sie eilt an Arrom vorbei, die zwei weichen Teile ihres Lederschurzes gleiten zwischen ihren Beinen hin und her. Hume steht im Eingang der Hütte und schaut ihrer Tochter hinterher. Sie kleidet ebenfalls ein zweiteiliger Lederschurz um ihre fülligen Hüften. Als Zeichen dafür, dass sie Gefährtin ist, hängt an einem Lederband zwischen ihren üppigen dunklen Brüsten eine weiße, kegelförmige und faustgroße Muschel, das Tritonshorn. Sie schaut kurz zu ihrem Neffen Arrom, verdeckt erneut mit der Lederhaut den Eingang der Hütte. Das Schreien des Neugeborenen ist einem Schluchzen gewichen, dem einzigen Laut, der zwischen dem Zirpen der Zikaden aus der Hütte dringt. Zögerlich setzt Arrom zwei Schritte auf den sandigen Boden in Richtung seiner Behausung, bleibt erneut wie erstarrt stehen. Durch Arroms Kopf strömen unzählige Gedanken, er hört die Schritte erst, mit ihrem vorbeieilen. Erebe ist in Begleitung des Obersten Schamanen Amcha zurückgekehrt. Mit seinem Schamanenstab von dreiviertel Körpergröße drückt Amcha die Lederhaut zur Seite.

»Amcha …?« Die Stimme von Hume erstirbt.

»Lass mich sehen«, antwortet der Oberste Schamane mit seiner tiefen Stimme. Erebe schaut kurz zu Arrom, folgt in die Hütte, weicht den unverändert gebannt auf den Eingang starrenden Augen von Arrom aus. Arrom fließt das Blut in den Kopf, stürzt in eine Einsamkeit, die seine Gedanken und seinen Körper lähmt. Nur seine Zähne mahlen aufeinander, lassen die Muskeln an den Wangenknochen in Wellen unter seiner Haut hervortreten. Erneut scheint das Licht der Feuerstelle aus der Hütte in die Nacht. Amcha tritt gefolgt von Erebe und Hume hinaus. Hume bleibt vor der zurückfallenden Lederhaut stehen. Der Oberste Schamane geht auf Arrom zu, seinen Schamanenstab hält er nach vorn. Hält ihn auf seine eigene Weise, in dem sein Daumen in Verlängerung des Schamanenstabes zum Boden zeigt. Amcha baut sich vor Arrom auf, ist einen halben Kopf kleiner. Seinen bauchigen Körper bedeckt ein Gewand aus weißem Fell, schräg verknüpft hängt es über eine Schulter bis zu den Knien hinab. Aus einem kantigen Gesicht, dessen kahlgeschorene schwarze Kopfhaut im Licht von Vater Mond glänzt, schauen zwei kleine, runde Augen Arrom herausfordernd an.

»Mutter Sonne und Vater Mond erwiesen dir eine große Ehre«, sagt Amcha mit einem tiefen Raunen seiner Stimme, holt Arrom aus seiner Einsamkeit.

»Es ist ein gutes Zeichen, dass den Heth nach langer Zeit wieder ein weißes Kind geboren wurde. Einen Erstling der Kumesch hat Vater Mond dir heute Nacht geschenkt.« Arrom schaut Amcha ernst an, hat die Worte gehört, die seine Gedanken verwirren. Amcha tritt einen Schritt beiseite.

»Begrüße deinen Sohn!«

Arrom geht mit langsamem Schritt auf seine Hütte zu, die tremolierenden Schreie von Hume und Erebe begleiten ihn. Arrom hält mit beiden Händen den schlafenden Hagam fest, betritt gebückt seine Wohnstätte. Eine kleine Flamme flackert auf dem Boden der nahezu erloschenen Feuerstelle und erhellt schemenhaft die Hütte. Im flackernden Licht legt Arrom Hagam behutsam auf ein Fell und setzt sich neben seiner Gefährtin.

Kamil liegt auf dem weichen Fell eines Kudus, ihres gemeinsamen Schlafplatzes. Arrom betrachtet ihr schönes makelloses Gesicht mit den sanft geschlossenen kleinen runden Augen und den vollen Lippen, auf denen ein Lächeln liegt, dass er so sehr liebt mit den kleinen Grübchen, die sich in ihre Wangen graben. Nichts an ihrem Gesicht erinnert mehr an die Schmerzen und Anstrengungen, seit Mutter Sonne unterging, sie scheint noch schöner zu sein. Sein Blick wandert weiter zu ihren kleinen Brüsten, sie stehen mit Milch prall gefüllt von ihrem Körper hervor, dazwischen auf ihrer dunklen Haut ein weißes Kind.

Arrom erkennt das flaumhafte helle Haar auf einem Hinterkopf. Berührt mit seinen Fingern den kleinen Arm des schlafenden Neugeborenen, eine kleine Bewegung, das Kind lebt.

Draußen wird es still, Schritte mit Stimmen entfernen sich, die letzte Flamme der kleinen Feuerstelle erlischt.

Arrom verharrt im Sitzen, sein Blick auf Kamil und seinen weißen Sohn gerichtet, hinter seinem Rücken glimmt die Glut in der Mulde. Arrom wendet sich der Feuerstelle zu, entfacht mit kleinen Zweigen und mit Holzstücken die Glut zu neuem Licht. Alle schlafen weiter, niemand aus seiner Familie stört sich an dem hellen Schein. Arrom greift nach dem weißen Kind, hebt es empor, betrachtet es im Licht der Feuerstelle. Er hält ein weißes Bündel mit einem sich zögerlich öffnenden roten Mund vor sich, das anfängliche leise Wimmern steigert sich zu einem kraftvollen Brüllen. Der kleine Brustkorb hebt und senkt sich zwischen seinen Händen.

»Was tust du?«, ertönt Kamils Stimme; die steht in krassem Gegensatz zu ihrem zuvor friedlichen Gesicht. Die Arme und Beine des Kindes zappeln in Arroms Händen. Der Kopf mit dem weit aufgerissenen Mund; die breite Nase mit den großen Nasenlöchern vermittelt den Eindruck, dass ein hineinschauen in den

Kopf möglich sei. Mit zugepressten Augen ändert sich die Gesichtsfarbe von blass in Rot. Hagam erwacht, schlaftrunken misslingt es ihm, sich hinzusetzten und schreit ebenfalls.

»Was tust du?«, wiederholt Kamil lauter. Ohne auf Kamil zu achten, betrachtet Arrom das Geschlecht seines Sohnes.

»Gib ihn mir!« Kamil richtet sich auf, greift ihr weißes Kind, mit dem dunkelroten Kopf aus Arroms Händen. Legt ihn fest an ihre Brust, zieht schützend ihre Schulter hoch, zwei kleine Augen blinzeln Arrom gefährlich an. Arrom steht auf, greift einen Speer, geht hinaus in die Nacht. Hinter ihm kriecht der kleine Hagam auf allen vieren und weinend wie sein Bruder, zu seiner Mutter.

KAPITEL 3

Arroms Ahnen

Mutter Sonne steht fast am Zenit, die Hütte bietet küh-
lenden Schutz gegen die Hitze.

»Wo warst du letzte Nacht?«, fragt Kamil, betrachtet
ihren weißen Sohn beim Säugen, schüttelt mit einem
Lächeln ihren Kopf. Die halblang gezwirbelten Zöpfe
ihres schwarzen Deckhaares schwingen über den bis
zu den Ohren kahl geschorenen Haaren. Spielend zieht
Arrom seinen Sohn Hagam an den Armen nach oben.
Hagam lacht, die von seiner Mutter geerbten Grübchen
graben sich in seine Wangen. Arrom bleibt stumm, sitzt
Kamil gegenüber auf der anderen Seite der Hütte, gegen die Lehmwand gelehnt.

»Du solltest dir deinen Sohn bei Tageslicht betrachten und nicht im Schein einer Feuerstelle.« Kamil lächelt Arrom an und ihre Grübchen bohren sich tief in
ihre Wangen. Arrom spürt ihren Blick, der ihn unterhalb der in gerader Linie gezwirbelten Zöpfe heraus-
fordern. Er möchte ihr nicht antworten, noch in ihre
Augen schauen.

»Seinen Bruder kennst du schon. Deinen neuen Sohn solltest du nun auch kennen lernen.«

»Sie sehen nicht aus wie Brüder«, erwidert Arrom mürrisch, spielt weiter mit dem fünfundzwanzig Monde älteren Hagam.

»Doch, das tun sie«, erwidert Kamil gereizt, nimmt ihr weißes Neugeborenes von ihrer Brust, hält es hoch.

»Sieh nur, sie haben das gleiche Kinn, dein breites Kinn.«

Das weiße Neugeborene quengelt gegen die Wegnahme der Milchzufuhr.

»Ja, aber sonst?«, Kamil schaut zu Arrom.

»Was erwartest du, sie haben beide zwei Augen, eine Nase, einen Mund, zwei Arme, zwei Beine und das männliche Geschlecht. Alles ganz normal.« Kamil, drückt das Neugeborene erneut fest an ihre Brust, das findet sofort die Brustwarze.

»Genau, ganz normal, bis auf seine weiße Haut und die hellen Haare … und die blauen Augen.«

Die Lederhaut vor dem Eingang lichtet sich, Sonnenstrahlen fallen in die Hütte ein. Amcha betritt mit seinem massigen Körper die Hütte. Arrom schaut zur Seite, weicht dem Blick des Obersten Schamanen aus, vermutlich hat Amcha ihr Gespräch gehört. Arrom fürchtet das dritte, das sehende Auge der Schamanen. Es umschließt in Form eines doppelreihigen, fast geschlossenen Kreises aus dichten punktförmigen Narbenwülsten, beginnend an der Nasenwurzel, das rechte Auge.

»Ich sehe, du bist eine gute Mutter und kümmerst dich um dein Kind, hast du bereits einen Namen für deinen Sohn?«

Arrom möchte antworten, aber Amcha hat ihn nicht angesprochen, es ist die Aufgabe des Vaters, den Namen zu verkünden, und noch ist es zu früh. Kamil schaut verunsichert zu Amcha, der setzt sich neben ihr auf das Schlaflager.

»Sabum, zu Ehren Arroms Onkel, wir waren uns noch nicht ganz einig, aber Hagam und Sabum«, sagt Kamil zögerlich, »zwei Brüder, genauso wie Arroms Vater und Onkel.« Zufrieden nickt Amcha, sein durchdringender Blick schweift zu Arrom. Amcha umfasst seinen Schamanenstab, richtet sich in der Hütte auf.

»Eine gute Wahl, so soll es sein.« Erneut fällt sein Blick auf Arrom, der schaut zu Boden, scheint sich an Hagam in seinen Armen festzuhalten.

»Arrom, begleite mich«, sagt Amcha und verlässt die Hütte. Verschämt schaut Arrom in Kamils Augen.

»Arrom« ruft Amcha. Schnell bindet Arrom seine langen geflochtenen Zöpfe hinter seinem Nacken mit einem Lederband zusammen, setzt Hagam zu Kamil und wendet sich ab.

»Die Ohren. Sie haben auch die gleichen Ohren, deine Ohren mit dem angewachsenen Ohrläppchen«, ergänzt Kamil.

Schweigend geht Amcha voran, Arrom folgt ihm, vorbei an den Hütten mit ihren spitzen Grasdächern.

Einige stehen eng mit zugewandtem Eingang beieinander, andere mit weiterem Abstand, dazwischen werfen Schirmakazien Schatten. Nur wenige Kanis bewegen sich zwischen den Hütten, eine Schar Kinder läuft ihnen kreischend und lachend entgegen. Laufen zwischen ihnen vorbei, als sei die große Hitze zur Mitte des Tages nicht vorhanden.

Sie erreichen einen kleinen steinigen Pfad. Arrom folgt Amcha den Steilhang hinauf, auf einem Pfad, zwischen wenigen grünen Büschen. Arroms Blick schweift hinüber auf den gegenüberliegenden Steilhang, der formt die andere Seite eines tiefen und breiten Tals. Auf halber Höhe des Hanges mündet der Pfad auf einer kleinen Ebene. Dort spannt sich in einem weiten Bogen der Eingang zur Schamanenhöhle, der wacht gleich einem Auge über die Kanis in der Stadt Kantis.

»Sieh nur das weite Tal und in der Mitte fließt der breite Danatus.«

Amcha zieht mit seinem Schamanenstab einen Bogen über das vor ihm liegende Tal mit den unzähligen dicht beieinanderstehenden Hütten.

»Jeder fand seinen Platz.« Amcha deutet mit den gespreizten Fingern seiner ausgestreckten Hand auf die gegenüber liegende Seite, weiter dem Danatus Flussabseits folgend zum Ende von Kantis.

»Dort leben die kleinen Chem, in der Mitte und nur hier in Kantis die weißen Kumesch und zu beiden

Seiten des Danatus die Heth mit ihren Kriegern. Sie alle zusammen sind die Kanis mit ihren drei Kasten. Jeder fand seinen Platz und seine Aufgabe. Auch du wirst deinen Platz neu finden.«

Amcha deutet mit seinem Schamanenstab.

»Dort unten in der Nähe zu den Kumesch lasse ich dir eine neue größere Hütte bauen. Näher zu dem Wasser des Danatus, aber auch näher zu mir, damit ich nicht mehr soweit laufen muss. Denn ich besuche euch jetzt öfter.« Amcha lächelt, Arrom antwortet mit einem verwirrten Blick.

»Denke dran, dir ist eine große Ehre und Verantwortung zuteilgeworden« Amcha schaut Arrom mit ernstem Blick direkt in die Augen, ein verunsicherndes, sich verstärkendes Gefühl steigt in Arrom auf. Noch nie schenkte der Oberste Schamane ihm eine solche Beachtung oder sprach viele Worte zu ihm. Arrom ist ein großer, kräftiger Krieger, doch gleicht sein Gefühlszustand dem eines kleinen Jungen.

»Bereits seit Längerem beobachte ich dich. Und nun ist die Zeit gekommen, dass du deinen Ahnen begegnest. Du bist bereit.«

Arrom nickt zögerlich, folgt dem vorausgehenden Amcha. Sie betreten die Höhle der Schamanen, vorbei an zwei Wächtern, den hellhäutigen Kumesch. Bis auf ihren geringeren Wuchs und ihrem hellen Äußerem gleichen sie den Kriegern. Der Blick von Arrom geht an den Wächtern vorbei, wechselt zu zwei jungen Schamanen der Heth, sie begrüßen ihn mit einem Kopfnicken. Beide tragen wie Amcha das über einer Schulter knielang hängende Gewand aus weißem Fell und halten eine brennende Fackel.

Arrom folgt ihnen unsicher hinein in die weit verzweigte Schamanenhöhle. Nach wenigen Schritten dringt kein Tageslicht in den sich verjüngenden Höhlengang, nur die Fackeln der beiden jungen Schamanen erhellen den felsigen Gang. Noch nie zuvor befand sich Arrom in der Höhle der Schamanen, es war auch nie sein Wunsch. Nur die Schamanen selber haben freien Zutritt, selbst der König und die Mitglieder des Ältestenrates fragen um Erlaubnis. Niemand anderen ist es erlaubt um Erlaubnis zu fragen, sondern wird aufgefordert.

Arrom bleibt wie die Schamanen stehen. Amcha wendet sich Arrom zu, führt ihn an den Schultern in eine kleine Ausbuchtung im Höhlengang, drückt ihn auf einen sitzhohen Stein nieder. Amcha holt tief und rhythmisch Luft, beginnt monoton zu sprechen. Arrom versteht ihn nicht, für seine Ohren spricht Amcha ein leises unverständliches Gemurmel. Mit weit aufgerissenen Augen schaut Arrom zu Amcha auf, und obwohl der seinen Blick erwidert, scheint der Oberste Schamane weit entrückt und seine Stimme für andere Ohren bestimmt. Amchas Hände berühren Arrom, an den

Schultern beginnend wandern sie über die Oberarme bis zu den Händen. Anschließend vom Hals über den Oberkörper, weiter über die Beine bis zu den Füßen. Amcha stoppt sein unverständliches Gemurmel, hält den Kopf von Arrom fest zwischen seinen Händen.

»Du bist bereit, deine Ahnen warten auf dich.« Die ersten Worte, die Arrom versteht. Amcha schaut ihm fest in die Augen und reicht ihm eine Tonschale mit einer Flüssigkeit.

»Trink!«

Arrom schmeckt ein bittersüßes Getränk, schluckt dessen feste Bestandteile würgend hinunter. Arrom wischt sich über den Mund, stellt die leere Schale auf den felsigen Boden zwischen seinen Füßen. Die Rasseln der beiden Schamanen erklingen, begleitet von einem tiefen Summen ihrer Stimmen, steigern sich zu einem melodischen Gesang. Sie singen die alten Lieder der ersten Kanis.

Ein Kribbeln breitet sich langsam in Arroms Körper aus, sein Geist beginnt, sich von seinem Körper zu lösen. Er hört aus weiter Ferne die Stimme von Amcha, sieht in geheimnisvollen Zeichen dessen schemenhaften Hände vor seinem Körper. Die beiden jungen Schamanen stehen nicht mehr an Amchas Seite. Verschwommen erkennt Arrom an Amcha vorbei, dass sie mehrere große Steinbrocken zur Seite tragen. Amcha greift Arrom unter einen Arm, Arrom erhebt sich, glaubt selbst, leicht wie eine Feder zu sein.

»Führt ihn durch den heiligen Gang der Geister und Ahnen!« Arrom empfindet tief in seinem Inneren einen Widerspruch in sich, aber seine Beine folgen nicht seinem Wunsch, sich abzuwenden. Die beiden jungen Schamanen stoßen Arrom in den dunklen heiligen Gang, unsicher gehorchen seine Beine dem fremden Willen. Von hinten wirft das flackernde Licht der Fackel Arroms Schatten tanzend voraus. Sein Körper folgt unsicher seinem eigenen Schatten. Sobald seine Beine das weitere Vorangehen versagen, stoßen Hände zu, treiben seinen stolpernden Körper weiter einem tiefen Schwarz entgegen: eingerahmt von den wenigen Felsen, ausgeleuchtet vom Licht der Fackel. Die halbrunde Decke wirkt auf Arrom bedrohlich, er hält seinen Körper leicht gebückt. Für ihn scheint der raue Felsen mit seinen wechselnden Schatten in Bewegung zu sein.

Er erkennt unvermittelt Farben, helle Farben leuchten ihn vom Felsen an, sie stellen die Körper von Tieren dar. Augen starren ihn vom Felsen an. Augen von Antilopen, Büffeln, Giraffen und anderen Tieren. Allesamt Tiere, die er auf der Jagd erlegt hat und deren Geistern er jetzt begegnet. Er durchlebt erneut jede einzelne Jagd: angefangen bei dem Springhasen, den er auf seiner ersten Jagd mit seinem Onkel Sabum und dessen Sohn Mah aus einem Bau ausgrub und durch den Schlag mit der stumpfen Seite seiner Steinaxt tötete. Bis zu dem Zebra, das er erst vor wenigen Tagen mit seinem Speer getötet hat. Es sind lebendige Bilder vor Arroms Augen, er betritt die Geisterwelt der von ihm getöteten Tiere. Eine Geisterwelt senkt sich in ihn, die Zeit ist bedeutungslos.

Allmählich treten die Geister der Tiere in den Hintergrund, aus Strichmännchen werden Personen, die ihn durchdringen. Es sind die Seelen der Ahnen, jene von Kriegern, Schamanen und Königen, auch solche, mit denen er nie eine Feuerstelle teilte und die viele Generationen vor ihm lebten. Er spürt die Anwesenheit seines Vaters Hagam und die seiner Mutter Sibai, die kurz vor der Zusammenführung mit Kamil verstarb. Tief dringen die Seelen in sein Unterbewusstsein ein, treten ungefiltert hervor, vermischen sich mit seinem Bewusstsein.

Panik steigt in Arrom auf, ein Entkommen ist nicht möglich, seine Seele ist gefangen in der Welt der Geister und Ahnen. Sein willenloser Körper ist nur noch eine Hülle, vorangetrieben von den beiden Schamanen. Sein Körper sackt auf dem harten Felsen kraftlos zusammen. Augenblicke werden zu Ewigkeiten und Ewigkeiten zu Augenblicken, in denen die Geister der Tiere und die Seelen der Ahnen vor seinem inneren Auge in bunten, grellen und ständig wechselnden Bildern toben. Zeit- und Raumgefühl lösen sich auf.

Aus weiter Ferne dringt ein gleichmäßiges Summen zu ihm durch, erst leise, dann stetig lauter. Es ist das

Summen des Schamanenrates. Arrom ist über den Gang der Ahnen und Geister zum Ratssaal des Schamanenrats gelangt. Er liegt dort auf dem Rücken, in der Mitte des runden Ratssaals, über ihm wölbt sich der Felsen in einem hohen Bogen. Um ihn herum sitzen die zwölf Ratsschamanen auf von Fellen bedeckten und im Kreis stehenden Felsbrocken, unter ihnen Amcha, der Oberste Schamane. Sie sind Heiler und die Vermittler zu den Geistern, den Ahnen, Vater Mond, Mutter Sonne und dem Schöpfer Jabijarie.

Als Gewandelte der Heth, Chem und Kumesch, beschränken sich ihre Besitzungen auf wenige persönliche Dinge. Keine Gefährtin teilt ihr Nachtlager und sie nennen keine Kinder ihr Eigen. Sie führen ein Dasein als Mittler zwischen Leben und Tod, entsagten den weltlichen Dingen. Das Summen der Ratsschamanen hält an, durch einen Durchbruch in der Mitte des hohen Gewölbes fällt das Licht von Mutter Sonne, formt einen Lichtkegel, nähert sich am Boden dem Körper von Arrom. Der Lichtkreis erreicht Arroms Füße, folgt den Beinen und gelangt über den Brustkorb zu seinem Kopf mit den geschlossenen Augenlidern. Die Bilder vor Arroms innerem Auge verschwinden, durch seine Augenlider dringt rotes Licht, er glaubt, mit Mutter Sonne zu verschmelzen.

KAPITEL 4

Das Vollmondfest

»Arrom, Arrom wach auf!«

Arroms Zunge klebt am Gaumen, sein Mund ist trocken.

»Du hast lange genug geschlafen.«

Sagt Kamils Stimme. Seine Sinne erwachen, in ihm bricht ein alles beherrschender Durst hervor. Arrom erkennt schemenhaft die Umrisse seiner Hütte. Er bewegt seinen Körper von der Schlafstelle, greift beim Kriechen zur nächsten Kalebasse. Gierig lässt Arrom das Wasser über seinen Mund in seinen Hals fließen, die Kalebasse sinkt zu Boden. Er schaut sich hockend um, ihm gegenüber sitzt Kamil, entspannt mit einem Lächeln gegen die Lehmwand gelehnt, ihren Kopf leicht schräg. Sie hält in ihren Armen den Säugling und zwischen ihren angewinkelten Beinen sitzt Hagam.

»Ich dachte, die Ahnen wollten dich nicht wieder zu mir zurücklassen.«

Arrom schweigt, setzt die Kalebasse neu an, trinkt, lässt abrupt die Kalebasse fallen, springt auf und läuft aus seiner Hütte hinaus. Hört das »Hey« nicht und nimmt den Körper, den er fast umrennt, nicht wahr. Nach einigen Schritten bückt sich Arrom, sinkt auf die Knie, erbricht sich.

»Ich hoffe, ich muss nie in die Höhle der Schamanen …« ruft Mah und ergänzt »Aua« mit dem Ellenbogen seines Vaters in der Seite. Verhindert nicht, dass Mah mit seinem breiten Mund, Arrom grinsend betrachtet.

Schwankend erhebt sich Arrom, erkennt neben seiner Hütte seinen Onkel Sabum. Ein Krieger von gestern, erst vor Kurzem zu einem Ältesten ernannt. Seinen leicht fülligen Körper bedeckt ein Gewand aus dunklem Fell, es hängt über einer Schulter hinunter. Bei ihm steht Mah, sein ältester Sohn, in seinem Lendenschurz, ein wenig jünger wie Arrom. Arrom wischt sich mit dem Handrücken über den Mund, wendet sich erneut ab, würgt aus gebückter Haltung den Rest seines Mageninhaltes hinaus. Kamil eilt aus der Hütte Arrom zur Hilfe, gießt aus einer Kalebasse Wasser über Arroms gebückten Oberkörper. Arrom richtet sich auf, trinkt erneut Wasser, das in seinem Körper verbleibt.

»Den kenn ich nicht«, ist der gegrinste Kommentar von Mah. Er schaut auf Arrom, der steht mit hängenden Schultern, weichen Knien und einem gebeugten Kopf nackt vor ihm.

»Das wird wieder«, erwidert Sabum mürrisch. Kamil führt Arrom zurück in die Hütte, in der neben dem Säugling auch Hagam in Eintracht brüllt.

»Arrom, wir sind hier um dich mitzunehmen. Bis zum Vollmondfest heute Abend kriegen wir dich wieder hin«, sagt Sabum mit beruhigender Stimme durch das Fell der Antilope in die Hütte hinein.

»Heute? Nicht morgen?«

»Nein, Arrom, heute. Du hast lange geschlafen«, flüstert Kamil und übertönt das Schluchzen ihrer Kinder. Mah lacht in sich hinein, und Sabum verliert ein wenig die Zuversicht, verdreht seine hellen, fast durchsichtigen Augen. Wenige Augenblicke später tritt Arrom, bekleidet mit seinem Lendenschurz, aus der Hütte.

Sabums wulstige Lippen formen ein Lächeln, geben zwischen den beiden Schneidezähnen die Sicht auf eine kleine Lücke frei. Sie gehen zwischen den vielen Hütten entlang, Arrom als einer der Größten unter den Kriegern in der Mitte. Mah, der von der Größe fast an Arrom heranreicht, mit einem schlankeren Körper zu seiner Rechten und sein Onkel Sabum zu seiner Linken. Im Gegensatz zu den beiden Kriegern rasiert Sabum als Ältester seinen Kopf kahl, das lässt ihn gegenüber Arrom fast einen Kopf kleiner erscheinen.

Die drei großen Heth gelangen zum tiefsten Punkt des Tals. Dort, wo der Fluss Danatus in sanften Bögen, breit und langsam, in seinem steinigen Flussbett in der Mitte der Stadt Kantis fliest. Flussabwärts begegnen ihnen am Ufer lachende Frauen, die reinigen Felle und Lederkleidungen oder füllen Kalebassen mit Wasser.

Zwischen ihnen, im knietiefen Wasser, spielen kreischend Kinder. Die drei Heth gehen an ihnen vorbei, werfen ihnen flüchtige Blicke zu, folgen weiter dem Ufer.

Ein quadratischer großer Platz öffnet sich vor ihnen, begrenzt vom Danatus und den Hütten der Kanis. Darauf erhebt sich ein großes hölzernes Gebäude, das Palos. Es ist das größte Gebäude in der Stadt Kantis und im Reich Mabel, dreimal so lang wie breit. Dort finden bis zu zweihundert Kanis unter dem flachen Dach Platz. Die drei Heth entfernen sich vom Flusslauf, nähern sich von schräg hinten auf einer leicht ansteigenden Ebene dem Palos. Erkennen die Verzierungen auf den hoch hinauf ragenden Holzsäulen, sie tragen durch ihren natürlichen Wuchs wie hochgezogene Schultern die Zwischendecke. Dazwischen füllen armdünne Holzstangen die fünf Schritte zwischen den Holzsäulen. Darüber erheben sich weitere unverzierte Holzsäulen, sie tragen das niedrige Dach der Ratsebene, wo Wind und Licht ungehindert eindringen.

Sie lassen das Palos hinter sich. Vor ihnen befindet sich der weitaus größte Teil des Palos-Platzes, wo auf dem harten und staubigen Boden vereinzelt Schirmakazien stehen, die werfen mit ihren Wipfeln runde Schatten.

Einer dieser Schattenplätze ist das Ziel von Sabum, Arrom und Mah. In den Schatten unter den Schirmakazien treffen sich die Krieger der großen dunklen Heth mit den kleinen Handwerkern der gelblich-braunen Chem und die hellhäutigen Wächter der Kumesch sowie alle ihre Ältesten, Schamanen und Häuptlinge. Hier erfahren die Kanis Neuigkeiten, diskutieren und treiben Handel. Besucher von außerhalb geben ihr Wissen preis und sind begierig, Neues zu erfahren. Ein stetes Kommen und Gehen, wenn, wie jetzt, Mutter Sonne am höchsten steht oder später, wenn, Mutter Sonne sich dem Horizont nähert. Sabum, Mah und Arrom begrüßen die Anwesenden unter einer Schirmakazie, setzen sich in den Rand des wandernden Schattens.

»Vater«, ruft ein junger Murran, eilt herbei und reicht Sabum eine Kalebasse mit frischem Wasser. Es ist Nekan, der zweitälteste Sohn von Sabum und Hume, der mittlere ihrer drei Kinder und nur wenige Monde älter als seine Schwester Erebe. Als Murran ist es seine Aufgabe, sich um die Anwesenden zu kümmern und zu versorgen und Botengänge zu erledigen. Für die Murran ergibt sich die Möglichkeit, Kontakte für ihr späteres Dasein als Krieger zu knüpfen. Mah lehnt mit einer Handbewegung die ihm gereichte Kalebasse ab.

»Arrom, möchtest du?«, sagt Nekan und beugt sich zu Arrom hinunter. Arrom schaut zu Nekan auf, setzt die ihm gereichte Kalebasse zum Trinken an. Nekan lächelt mit seinen schmalen Lippen unter der ebenfalls schmalen Nase, die lässt sein Gesicht mit den hohlen Wangen spitz zulaufen. Es ähnelt dem Gesicht seiner jungen Mutter.

Arrom trinkt, schaut in Nekans Augen, es sind halb von Lidern bedeckte Augen, sie wirken ständig ein wenig schläfrig. Es sind die gleichen Augen wie die seines Bruders Mah, und wer,

vor vielen Monden ihre gemeinsame Großmutter kannte, erkennt diese wieder.

Arrom wuchs mit Mah und Nekan zusammen auf, beide sind wie Brüder für ihn. Nekan nimmt die zurückgereichte Kalebasse entgegen, richtet seinen schlanken Körper auf.

»Morgen gehen die Murran auf die Jagd« sagt Nekan, streckt seinen Oberkörper und strafft die Haut einer Brandnarbe über der halben Bauchdecke. Die zog er sich zu, als er sich eines Nachts in Kindertagen zu dicht ans wärmende Lagerfeuer legte und einschlief.

»Ich freue mich«, ergänzt Nekan, lässt seinen Blick über den weiten Palos-Platz schweifen, wendet sich ab, geht weiter zur nächsten Schirmakazie. Arrom schaut verträumt Nekan mit seinem kahl geschorenen Kopf hinterher, einem Murran, der kurz vor der Initiation zum Krieger steht.

»König Jakatanga war ein guter König«, sagt Sabum.

»Ja er war ein guter König«, sagt Mah.

»Arrom, was glaubst du? Wer wird auf den Elefantenthron im Palos folgen?« Sabum wartet auf eine Antwort. »Glaubst du, Amcha wird unser neuer König? Viele nennen seinen Namen!«

»Nein, der Oberste Schamane wird nicht unser neuer König.«

»Warum nicht?«, fragt Sabum

»Er wird uns oft besuchen«, sagt Arrom, stöhnt und bedeckt sein Gesicht mit seinen Handflächen. Die Bilder aus der Schamanenhöhle sind mit Macht zurück. Arrom bemüht sich, all die Gedanken zu erfassen.

»Naja«, meint Sabum ein wenig ratlos.

Mah grinst großflächig.

»Aber Vater, du nimmst doch diesmal auch teil. Bei der Wahl des neuen Königs beim Großen Vollmondfest.«

»Bald werden die Ku gesichtet und dann folgt die große Treibjagd und nach jeder vierten großen Treibjagd findet das Große Vollmondfest statt. Nun ist es wieder soweit und ja Mah, ich nehme teil«, sagt Sabum.

Der Schatten wandert weiter, setzt sie den Strahlen von Mutter Sonne aus. Sie wechseln zur nächsten Akazie, setzen sich erneut an den Rand des Schattens. Hier ist ebenfalls das vorrangige Thema die Wahl des neuen Königs.

»Ein Erstling der Kumesch …«, fragt ein junger Krieger.

»Schhht«, fährt ihm Sabum dazwischen und schaut verärgert, er macht eine abweisende Handbewegung.

Erschrocken schaut ihn der junge Krieger an und spricht mit gesenktem Kopf.

»Ja, man sollte die Zeit abwarten.« Noch ist Arroms neu geborener Sohn ein Geistkind, dessen Seele in den ersten zehn Tagen nach seiner Geburt zu den Wassern der Schöpfung zurückkehren kann. Somit ist der Neugeborene von Arrom für alle Außenstehende ein Tabu.

Mittlerweile ragt der Schatten vom Palos weit in den Palos-Platz hinein, Sabum erhebt sich. Seit es kühler ist, folgen sie nicht mehr dem Schatten der Akazien. Sein Blick fällt auf seinen Sohn Nekan, der geht zur Mitte des Palos-Platzes, er trägt ein Holzbündel auf seinem Rücken und legt es dorthin, wo viele Murran der drei Kasten Bündel abgelegt haben und bereits ein großer Scheiterhaufen aufgeschichtet ist.

»Lasst uns zur Häuptlings-Hütte der Heth gehen.« Sabum richtet sich auf, geht langsam zum Fluss Danatus, gefolgt von Arrom und Mah. Sie verlassen den Palos-Platz, Heth und Chem kommen ihnen entgegen; sie begehen das Vollmondfest an der größten Feuerstelle im Reich Mabel.

An einer flachen Stelle durchschreitet Sabum den Danatus, Wasser umspült seine Füße. Sabum bleibt für einen Augenblick stehen, schaut hinauf zu den Rändern des Tals, wo zu beiden Seiten die Wachen Feuer entzünden. Arrom und Mah warten, bis Sabum das Flussufer betritt. Sie gehen weiter zwischen den Hütten der Heth durch, bis sich vor ihnen ein großer runder Platz öffnet, auf dessen anderer Seite die große Häuptlings-Hütte steht. Der Platz ist bei Weitem nicht so groß wie der Palos-Platz, aber auch hier steht mittlerweile ein großer Scheiterhaufen.

Die ersten Frauen der Heth sitzen in weitem Bogen um den Scheiterhaufen, weitere folgen, sodass die ersten Reihen nur von den Gefährtinnen der Heth besetzt sind. Mit vielen anderen stehen Sabum, Arrom und Mah dahinter, trinken aus Schalen das bittersüße Hirsebier. Kinder versammeln sich vorm Scheiterhaufen, üben sich im Tanzen.

Der letzte Schimmer von Mutter Sonne verbleicht am Horizont, Vater Mond steht in vollkommener Rundung zwischen den Feuerstellen der Ahnen am Himmel. Ein Schamane der Heth betritt den Kreis der Frauen, entzündet mit einer Fackel den Scheiterhaufen. Augenblicklich beginnen die Frauen leise zu summen. Allmählich steigert sich das Summen in seiner Lautstärke, wechselt in einen hohen Gesang. Ihr Lied bittet Vater Mond um Fruchtbarkeit, sie klatschen rhythmisch in ihre Hände. Trommeln setzen ein, ein neues Lied wird angestimmt. Es erzählt von einer alten Geschichte, in der die Vorfahren aller aufrecht gehenden Wesen den Tod wählten, damit Vater Mond ständig neu geboren wird. Er schenkte ihnen dafür die Fruchtbarkeit, damit sie in ihren Kindern weiterleben und Vater Mond sie nach ihrem Tod zu den Ahnen geleiten möge.

Während des Liedes finden sich Krieger vor dem brennenden Scheiterhaufen ein, die Kinder weichen zurück. Auch Arrom und Mah beginnen gemeinsam mit den anderen Kriegern ihren Hüpftanz. Dicht hintereinander springen die Krieger mit geschlossenen Beinen gleichzeitig, tanzen einen Kreis um die große Feuerstelle. Ihre Köpfe und Körper bewegen sich in einem fließenden Rhythmus, aus ihren Kehlen ertönt ein sich wiederholender tiefer, kurzer Ausruf.

Sabum schaut ihnen zu. Er tanzte einst mit seinem Bruder in gleicher Weise, an dieser oder anderen Feuerstellen im Reich Mabel. Die Flammen schlagen kriegerhoch empor, glimmender Funkenflug strebt dem Himmel entgegen. Sabums Blick folgt den Funken, die vor den Feuerstellen der Ahnen verglühen. An einer dieser Feuerstellen sitzt sein Bruder Hagam, ein Buschbockmännchen tötete ihn vor vielen Monden. Das geschah auf der Jagd zu einer Zeit, als Arrom ein Säugling war. Sein Bruder Hagam traf das Buschbockmännchen mit seinem Speer hinter den Schulterblättern, schwer verletzt sackte das Tier in die Vorderbeine. Voller Gewissheit, es würde sich jeden Augenblick auf die Seite legen und sterben, näherte sich Sabums Bruder dem Buschbockmännchen. Als er nah genug stand, kam der Bock erneut auf seine Vorderhufe, rammte mit seinem kräftigen Nacken die spitzen Hörner in den Brustkorb von Sabums Bruder. Hagams Speer traf nicht richtig, er verfehlte das Herz. Aus einiger Entfernung sah Sabum seinen Bruder Hagam zusammenbrechen. Das Buschbockmännchen mit dem Speer in der Flanke lief davon. Es würde nicht weit kommen, die Verletzung war zu schwer. Aber für die Krieger war das ohne Bedeutung. Sie kümmerten sich um einen der Ihren, einen sterbenden Krieger, überließen das verletzte Tier anderen Jägern oder Aasfressern. Seit dieser Zeit kümmerte sich Sabum um das einzige Kind und die Gefährtin seines Bruders Hagam, er war seit frühester Kindheit wie ein Vater für Arrom.

»Vater.« Sabum zuckt innerlich zusammen, erkennt im flackernden Schein das Gesicht von Mah.

»Wo ist Arrom?« Mah grinst im Wissen seinen Vater in einen unaufmerksamen Augenblick überrascht zu haben.

»Er wollte noch etwas essen«, antwortet Mah lächelnd.

»Nun gut«, sagt Sabum, schaut hinüber an dem Scheiterhaufen vorbei, zu den dicht gedrängten Heth, hinter denen neben dem Hirsebier auch Speisen gereicht werden. Sabum überlegt, wie lange seine Gedanken in der Vergangenheit verweilten. Er unterbricht seine Gedanken, Arrom steht kauend neben Mah.

»Lasst uns zu den Chem gehen«, sagt Sabum, und schiebt seinen Körper durch die Heth.

Sie gelangen flussabwärts zu der großen Häuptlings-Hütte der Chem mit dem großen runden Platz, in dessen Mitte ein Scheiterhaufen mit hohen Flammen brennt. Dort tanzen die Chem im dichten Kreis um die große Feuerstelle, begleitet von Raschelgeräuschen, die bei jedem Auftreten erklingen, erzeugt von einer um ihre Unterschenkel gebundene Tanzrassel. Sie werden hergestellt aus getrockneten Schmetterlingskokons, gefüllt mit Samenkörnern und aufgefädelt an einem langen Faden.

Sabum, Arrom und Mah lassen sich vom Duft des geschlagenen Straußeneies verführen. Gestärkt gehen sie zurück über den Danatus, zu dem runden Platz der Kumesch mit der davorstehenden Häuptlings-Hütte. Sie trinken mehrere Schalen des besten Hirsebiers in Kantis und beobachten vergnügt einen Fackeltanz neben der großen Feuerstelle. Als Sabum sich verabschiedet, gehen Arrom und Mah noch zum großen Scheiterhaufen vor dem Palos, das am längsten brennt.

Am Schluss des Fests versammeln sich hier die Kanis aller drei Kasten. Dort singen und tanzen sie in Eintracht, jeder wird geachtet, unabhängig von seiner Hautfarbe, Größe oder Alter. Mit dem ersten Morgengrauen verlässt Arrom, noch vor Mah, den Palos-Platz. Er kehrt zurück zu seiner Hütte, zu seiner Gefährtin Kamil und seinen beiden Söhnen, legt sich zu den Schlafenden aufs Nachtlager.

KAPITEL 5

Die Arbel und der Säbelzahn

Mungo fasst sich an den Oberarm, darüber schmerzt die Bisswunde mit den beiden tieferen Löchern. Schon oft hatte er sich mit seinem Bruder gestritten, doch immer wieder hatten sie sich zusammengerauft. Sie konnten sich aufeinander verlassen und so konnte niemand im Clan ihnen ihren Führungsanspruch streitig machen.

Mungo schaut auf, blickt aus dem Schatten einer Akazie über das hochgewachsene gelbe Gras mit den einzelnen grünen Büschen und verstreuten Akazien. Er bereut es jetzt, dass der Streit mit seinem Bruder derart eskalierte. Er vermisst ihn nun.

Im Reflex schaut Mungo zur Seite, faucht seine Gefährtin Pepi an. Pepi zieht ihre Hand von der Wunde zurück, ihre Augen blicken unterwürfig, ist sie doch der Grund, deretwegen er sich mit seinem Bruder entzweite.

Von Anfang an war sein Bruder dagegen, dass er diese Hochgewachsene zur Gefährtin nahm und nun trägt sie dieses kleine Bündel der verhassten Kamu bei sich. Sein Bruder wollte es ihr entreißen und töten, aber das durfte sein Bruder nicht, und wenn er selbst es duldete, hatte sein Bruder dies auch zu dulden. Daraufhin trennten sie sich im Streit und nur wenige der Treuen verblieben bei ihm.

Mungo richtet sich auf, seine Augen sind aufmerksam geworden. Etwas Großes bewegt sich zwischen den Büschen und Akazien über das gelbe Gras, etwas das keine Feinde fürchtet.

Mungo neigt seinen Blick zu seiner Gefährtin, die schaut auf das kleine Bündel in ihren schützenden Armen. Mit seiner Faust schlägt Mungo zu, entreißt Pepi das Bündel, läuft los. Hält das stumme Bündel grob in seiner Armbeuge, das hörte in den vergangenen Tagen nicht auf zu schreien. Nach etlichen Schritten stoppt Mungo seinen Lauf, legt das Bündel ab. Wendet sich zurück und ruft im Laufen.

»Säbelzahn ... Säbelzahn!« Augenblicklich erklimmen die verbliebenen Mitglieder seines Clans die dünnen Äste der umgebenen Akazien.

Mungo läuft zu Pepi, die begreift noch benommen das Fehlen ihres Babys. Nur der Griff von Mungo verhindert, dass sie ihr Baby sucht und spricht zu ihr.

»Wenn du gehst, bist du tot!«

Ihre entsetzten Augen starren Mungo an, der drückt sie nach oben, von wo helfende Arme Pepi hinaufziehen.

Von den Kronen der Akazien schauen Mungo und sein Clan auf das kleine Bündel im hohen Gras, nur Pepi vergräbt ihr Gesicht in ihren Armen.

Der Säbelzahn nähert sich dem Bündel, bleibt kurz davor stehen. Ein durchdringendes Gebrüll verlässt sein Maul mit den mächtigen Zähnen. Er neigt seinen Schädel, seine Nase erfasst einen ihm bekannten Geruch und seine langen Zähne wiegen das stille Bündel. Schweigend starrt der Clan auf den Säbelzahn und selbst die umgebenen Tiere schweigen.

Der Säbelzahn hebt seinen Kopf, verbleibt für einen Augenblick und bewegt sich weiter. Mit mächtigen Schritten entfernt sich der Säbelzahn, lässt die Akazien mit dem Clan hinter sich.

»Er lebt!«, haucht Mungo.

Pepi hebt ihren Kopf, noch vor allen anderen ist sie wieder auf dem Boden.

Die Gefahr einer Rückkehr des Säbelzahns ist für sie ohne Bedeutung. Voller Sehnsucht schließt sie ihr Baby in ihre Arme.

KAPITEL 6

Namensgebung

Der zwölf Tage alte weiße Säugling schluchzt, seine Beine strampeln in der Luft. Kamil sitzt auf dem Boden, hält den Säugling mit ausgestreckten Armen hoch. Der alte Sabum gleitet mit seinen Händen über den kleinen Körper, er ist als Ältester der Familie der Namensgeber und verrichtet die Waschung mit dem heiligen Wasser aus der Schamanenhöhle. Zuvor hatte Kamil mit einer scharfen Quarzklinge die wenigen hellen Haare vom Kopf des Säuglings entfernt. Beruhigend zischt Kamil durch den Mund, die heilige Waschung ist beendet, sie gibt mit ihren dunklen Lippen dem weißen Säugling einen Kuss.

»Der will keinen Kuss, der will was ganz anderes«, ertönt die laute Stimme von Mah, mit einem Grinsen, das seine weißen Zähne aus seinem Gesicht mit der schwarzen Haut hervorleuchten. Mah sitzt im Kreis, der Kamil umgibt, neben ihm sitzt Nekan und grinst ebenfalls. Anders Hume und Amcha, die Mah missbilligende Blicke zu werfen. Zwischen Hume und Amcha sitzt Erebe mit dem angelehnten Hagam, der hockt zwischen ihren gespreizten Beinen, er betrachtet die Anwesenden im Kreis. Neben den ihm vertrauten Personen, sitzen Personen, die Hagam zuvor nie gesehen hat. Kamil schüttelt ihren Kopf, ihre halblang gezwirbelten Zöpfe umspielen ihren kurz geschorenen Nacken, sie schüttelt die Bemerkung von Mah ebenso mühelos ab. Mit dem weißen Säugling steht Kamil auf, geht aus dem Schatten der kleinen Akazie heraus. Kamil legt den gereinigten, schreienden Säugling auf eine Matte. Arrom tritt in den Kreis an den Säugling heran, sein Schatten fällt auf das Kind, er zeigt damit allen seinen Anspruch auf dieses Kind. Nach und nach erheben sich die Gäste, gehen vom Kreis zur Mitte, legen weiße und rote Kolanüsse als Geschenk auf die Matte neben den Säugling. Die weißen Kolanüsse symbolisieren viel Glück, die roten stehen für ein langes Leben. Als Letzter geht der alte Sabum, beugt sich über den Säugling. Er lässt ein wenig Speichel in dessen Ohr tropfen, spricht den Namen Sabum aus, denn nur durch die Feuchtigkeit lebt das Wort. Der alte Sabum nimmt den Säugling, richtet sich auf, präsentiert ihn den im Kreis sitzenden Gästen und wiederholt den Namen des Säuglings.

»Sabum, Sabum, Sabum.« Kurz darauf reicht er den kleinen Sabum an Amcha weiter. Den Mund gefüllt mit der heiligen Flüssigkeit sprüht Amcha mit einem Zischton die heilige Flüssigkeit auf den Rücken des kleinen Kumesch, spricht dessen Namen aus. Die heilige Flüssigkeit hat Amcha selbst hergestellt, aus dem Wasser der heiligen Quelle am Eingang der Schamanenhöhle und einer Mischung aus Kräutern. Die soll ihn ein Leben lang beschützen. Amcha reicht das kleine schreiende Kind und anschließend die Schale mit der heiligen Flüssigkeit weiter. Jeder der Gäste besprüht den Rücken des Kindes mit der heiligen Flüssigkeit. Am Ende nimmt Kamil ihren weißen Säugling mit dem Namen Sabum an sich, legt ihn erneut auf die Matte. Sie streichelt ihm über den Kopf, lächelt und spricht tröstende Worte. Sein Schluchzen weicht, brüllt erneut auf, er möchte seinen Arm wegziehen. Amcha hält fest, ritzt mit einer kleinen Quarzklinge ein tiefes Kreuz in die Haut des kleinen Oberarms. Mit schwarzer Asche reibt Amcha die blutende Wunde ein und das Blut versiegt: ein Kreuz, das Sabum als Kanis in Kantis geboren kennzeichnet. Kamil nimmt den vor Schmerz brüllenden Säugling tröstend in ihre Arme.

»Auch wir möchten den neuen Kumesch in der Gemeinschaft der Kanis begrüßen«, ertönt eine Stimme hinter dem Kreis der Gäste. Kamil schaut auf, drückt im Reflex Sabum fest an sich. Omab, der Häuptling der Kumesch tritt heran. Den großen hellhäutigen Kumesch kleidet ein Gewand aus weißem Fell, das wie bei den Schamanen von einer Schulter hinunter bis zu den Knien gleitet. Er steht aufrecht, mit einem stolzen Blick aus seiner roten Iris, hinter dem Kreis der Anwesenden. Sein gelbes, kurzes und krauses Haar leuchtet wie seine roten Augen, zwischen denen eine knollige Nase hervorragt. Darunter befindet sich ein schmaler Mund und es folgt ein das längliche Gesicht dominierendes breites Kinn. Dicht neben ihm steht seine um einen halben Kopf kleinere Gefährtin Oschne, sie lächelt mit nach oben gewölbter Oberlippe, gibt die Sicht auf die Zähne frei. Ihren leicht massigen Körper bedeckt ebenfalls ein Gewand aus weißem Fell, über eine Schulter hinabhängend. Ihre dünnen gelben Haare sind zu kleinen Zöpfen gezwirbelt, sie stehen von ihrem runden Gesicht mit der breiten Stirn ein wenig ab. Aus ihrem flachen Gesicht schauen zwei Augen mit hellroter, leuchtender Iris auf das Baby in Kamils Armen. Kamil hält ihren Säugling noch fester an ihre Brust, meidet den Blick in die für sie abstoßenden Augen der Kumesch, sie fühlt sich mit dem hellen Kleinkind im Arm bedroht.

»Wie ist sein Name?«, fragt Häuptling Omab nach einer kurzen Pause.

»Sabum, sein Name ist Sabum. Meinem Onkel zu ehren«, antwortet Arrom, greift diesen aus Kamils widerstrebenden Armen. Der beginnt in den Händen seines Vaters erneut zu schreien.

»Eines Tages wird er zu Euersgleichen gehören«, sagt Arrom, hält das kleine schreiende Bündel Omab und Oschne entgegen.

»Ein hübscher Junge mit kräftiger Stimme«, sagt Oschne, sie berührt den Fuß von Sabum sanft und der verstummt.

»Er weiß, wo er hingehört«, unterbricht Mah die Stille.

»Aber jetzt noch nicht«, sagt Kamil energisch, nimmt ihr Baby, wiegt es in ihren Armen, bis ihr Lächeln erwidert wird.

»Ich habe dir etwas Ockerpaste mitgebracht«, sagt Oschne und schaut mit gütigen Augen auf Kamil. Oschne reicht Kamil ein kleines Döschen aus einem Elandhornabschnitt mit einem Lederdeckel. Zögerlich und mit erstaunten Augen nimmt Kamil das Döschen.

»Reibe ihn zum Schutz vor Mutter Sonne damit ein. Auch ich schützte die empfindliche Haut meiner Kinder damit« sagt Oschne. Zögernd erwidert Kamil das Lächeln von Oschne.

»Sobald ihr in eurer neuen Hütte lebt, werden wir euch erwarten«, sagt Häuptling Omab.

»Es ist für uns eine Ehre und Freude eure Gäste zu sein«, antwortet Arrom.

»Ich zeige dir dann, wie du die Paste herstellen kannst«, sagt Oschne zu Kamil und winkt Sabum zu. Die beiden Kumesch wenden sich ab, gehen zurück zu ihrem Stadtteil, dem kleinsten von Kantis.

KAPITEL 7

Eine Jagd

»Wieso war vor acht Tagen deine Gefährtin Lale nicht bei der Namensgebung von Sabum?« Arrom schaut beim Gehen vor sich auf das satte Grün der Steppe, das sich nach dem Ende der Regenzeit bis zum Horizont ausdehnt. Mah bleibt stehen, sein Blick wandert über den blauen Himmel, verharrt für einen Augenblick bei der morgendlichen Mutter Sonne.

»Seit zehn Tagen sind wir nun unterwegs und so lange beschäftigt dich schon diese Frage. Kein Wunder, dass wir bisher kein Jagdglück hatten.« Arrom geht einige Schritte weiter, wartet Mah zugewandt im Schatten einer der weit verstreuten Schirmakazien.

»Da du darüber nicht selber sprichst, muss ich davon anfangen.« Mah schüttelt den Kopf, tritt zu Arrom in den Schatten.

»Du kennst Lale, ihr geht es oft nicht gut.«

»Ihr geht es nicht gut, das ist nicht die Wahrheit. Ihr braucht Kinder«, erwidert Arrom.

»Vater Mond schenkt uns keine Kinder.«

»Was sagen die Schamanen?«

»Wir brachten Vater Mond Opfer. Lale, ich und wir beide gemeinsam. Bisher erhörte Vater Mond uns nicht. Selbst die Schamanen wissen keinen Rat mehr. Oder etwa du?«

Noch bevor Arrom antwortet, signalisiert Mah mit seiner Hand vor dem Mund, er soll still sein. Arrom dreht sich um, schaut in die Richtung, in die Mah deutet. In zwei Speerwürfen Entfernung erkennt Arrom die graue Silhouette eines Nashornes. Es liegt hinter einem umgefallenen Baumstumpf und zwischen einigen niedrigen grünen Büschen im Schatten eines Akazienbaumes. Wortlos beschreibt Mah einen Bogen, folgt dem lautlos, Arrom dicht hinter ihm. Sie nähern sich in gebückter Haltung, mit langsamen Schritten und gegen die Windrichtung, dem Nashorn von hinten. Fünfzehn Schritte vom Nashorn entfernt bleibt Mah stehen, hebt vorsichtig einen faustgroßen Stein vom Boden auf. Er zeigt Arrom den Stein, deutet auf sich und auf das Nashorn. Er deutet auf Arrom, hält den Stein vor dessen Augen, zeigt auf das Nashorn und erneut auf Arrom. Eine Mutprobe und ein Spiel, von denen es viele gibt, sie erproben ihr lautloses Fortbewegen. Noch bevor Arrom etwas erwidert, gibt Mah ihm seine drei Speere. Mah schleicht mit seinem Bündel auf dem Rücken auf das Nashorn zu. Nur noch drei Schritte entfernt, bleibt Mah stehen, lauscht angespannt dem

Nashorn. Hört ein ruhiges gleichmäßiges Schnaufen, das Nashorn liegt friedlich auf dem Boden. Ein Schritt über den Baumstamm und einen Schritt weiter, steht Mah zwischen zwei niedrigen Büschen, dicht neben dem Nashorn. Streckt seinen Arm aus, macht seinen Oberkörper lang. Der Panzer des Nashorns hebt und senkt sich unter dem Schnaufen. Mah legt langsam den Stein auf den sich anhebenden Rücken ab. Zieht seinen Körper vorsichtig zurück, wendet sich ab und steigt erneut über den Baumstamm. Genauso lautlos kehrt Mah zu Arrom zurück, greift sich die Speere. Mah zeigt auf das friedlich daliegende Nashorn mit dem Stein auf dem Rücken. Arrom folgt der Spur von Mah, steigt lautlos über den Baumstumpf und steht zwischen den beiden niedrigen Büschen. Streckt langsam seinen Arm aus, sein Oberkörper beugt sich vor. Seine Hand verharrt über dem Stein, der hebt und senkt sich mit einem gleichmäßigen Atem des Nashorns. An dem obersten Punkt greift Arrom zu, verharrt für einen Augenblick mit dem Stein in der Hand. Dreht langsam seinen Körper, kehrt zurück. Übersteigt den Baumstamm und ein lautes knacken lässt ihn aufschauen. Arrom schaut zu Mah, sieht den mit einem breiten Grinsen und einem gebrochenen Ast in den Händen. Arrom hört es und spürt es, mit einem Grunzen erwacht hinter seinem Rücken das mächtige Nashorn aus dem Schlaf. Ein erneutes, drohendes Grunzen hinter seinem Rücken und

Arrom rennt los. Laut lachend läuft auch Mah. Das Nashorn steht auf, schwingt seinen gewaltigen Schädel mit dem Horn empor. Hält Ausschau nach dem Feind, erkennt den in Arrom. Der gepanzerte Körper setzt sich mit aufgerichtetem Schwanz in Bewegung. Von hinten nähert sich mächtiges Stampfen, es dröhnt unter Arroms Sohlen. Äste knacken, splittern unter dem hohen Gewicht. Arrom schaut sich nicht um, richtet seinen Blick auf den nächst größeren Elefantenbaum. Das hinter seinem Rücken bedrohlich gesenkte Horn kommt näher. Mah erreicht zuerst den Elefantenbaum, lässt die Speere fallen, klettert geschwind hinauf. Reicht, auf einem dicken Ast sitzend, Arrom die Hand, zieht ihn über den dicken Ast hinauf in die breite Krone. In diesem Augenblick stampft das Nashorn unter den baumelnden Füßen von Arrom, dreht einen Bogen um den Elefantenbaum und bleibt in einigen Schritten Entfernung erstarrt stehen. Es schaut aus sanftmütigen Augen, die kleinen Ohren bewegen sich, lauschen dem Lachen von Mah. Arrom setzt sich verärgerter auf den dicken Ast.

»Es reicht ... hör auf!« Arrom spricht mit erhobenem ernstem Ton. Er ist über sich selbst verärgert und sollte es wissen, solche gefährlichen Spielchen entsprechen Mahs Wesen.

Erneut geht ein Tag ohne Jagderfolg zu Ende, Arrom und Mah legen sich wortlos zwischen zwei Feuerstellen. Selbst Mah verging das Lachen des Morgens. Das

Nashorn hatte begonnen, in der Nähe des Baums zu grasen. Auch die Hoffnung auf ein Weitertraben des Nashorns sobald Mutter Sonne am höchsten steht und die Hitze am größten ist erfüllte sich nicht. Erst als der Schatten ihres Baumes lang war, trottete das Nashorn davon und sie konnten aus der grünen Krone steigen.

Am nächsten Morgen, nach einer kühlen Nacht, verlassen sie ihr Nachtlager. Setzen ihren Weg fort, noch bevor Mutter Sonne am Horizont erscheint. Beide sind entschlossen, den Tag für eine erfolgreiche Jagd zu nutzen. Doch der Tag gestaltet sich wie die vorherigen. Das wenige Wild bleibt auf Abstand oder flieht. Mutter Sonne steht fast an ihrem höchsten Punkt, frustriert tritt Arrom mit seinem Fuß gegen einen faustgroßen Stein und erinnert sich an die Geschichte mit dem Nashorn. Er hebt nachdenklich den ausgerollten Stein auf, legt den, einem alten Brauch entsprechend als Glücksbringer in die Gabelung eines nahen Baumes.

»Ihr Ahnen, steht uns bei unserer Jagd bei.«

Mah beobachtet Arrom, schaut suchend nach einem Stein, greift den größten, den er findet. Trägt mit beiden Händen den Stein, hebt den auf die Astgabel eines viel zu kleinen Baumes, sodass der Stein zu beiden Seiten der Gabel weit hinausragt.

»Es kann nur helfen«, rechtfertigt sich Mah mit einem Achselzucken und schaut in das Gesicht von Arrom. Die beiden Krieger setzen ihren Weg fort über die grüne

Ebene mit den blühenden Sträuchern und Büschen, beobachten ständig die Umgebung. Arrom verlangsamt seine Schritte, bleibt stehen, hebt ein Stück einer Wurzel vom Boden auf. Mah steht dicht hinter Arrom, beide erkennen deutlich Bissspuren an der Wurzel, Bissspuren von den Zähnen eines Stachelschweins. Die Bissstelle ist noch saftig, Arrom deutet auf die Spuren. Es sind die Spuren eines Pärchens, sie sind in der Nähe. Die beiden Krieger folgen mit schnellen Schritten der Spur, den Speer angehoben zum Wurf bereit. Ihre Beine beginnen zu laufen, direkt auf einen mannshohen Busch zu. Dort zwischen den Ästen versteckt sich das Stachelschwein-Pärchen. Mit ihren langen Speeren stoßen die Krieger in das Gebüsch hinein. Mah trifft sofort tödlich, dringt tief mit der scharfen Feuersteinspitze in den Körper des Stachelschweins ein, ein letztes Fauchen ertönt. Arroms Speer verfehlt seine Beute, es flüchtet aus dem Busch. Arrom setzt hinterher, wirft aus vollem Lauf seinen zweiten Speer. Getroffen bleibt das Stachelschwein knurrend liegen. Arrom stößt nochmals zu, bevor er den Speer hinauszieht. Die zitternden Stacheln des Tieres rascheln im Todeskampf, Stille tritt ein. Arrom kniet sich daneben, seine Hand greift nach Sand. Lässt diesen mit den Worten

»Wir danken dir, Stachelschwein, dass durch dich unsere Jagd erfolgreich war und bitten dich um Entschuldigung«, über das erlegte Tier rieseln. Er zieht an einer Pfote das Stachelschwein über den Boden zurück zu Mah, einem triumphierenden Grinsen entgegen. Mah öffnet seinen Mund, aber noch bevor er etwas sagt, hebt Arrom seine Hand, schüttelt mit ernster Miene den Kopf. Er weiß nur zu genau, Mah möchte seinen Triumph auskosten, weil er das Stachelschwein sofort getötet hat. Arrom hat wegen der Geschichte mit dem Nashorn im Moment keine Lust, die spitzen Bemerkungen von Mah zu hören. Mah schweigt, ein wissendes Grinsen bleibt auf seinen Lippen, er schichtet Feuerholz auf und entzündet ein Feuer. Weiterhin schweigend ziehen sie die Stacheln aus der Haut der Stachelschweine. Sie schichten aus der erloschenen Feuerstelle die Holzkohle in ein Erdloch. Legen die ausgenommenen Stachelschweine darauf, decken sie zum Garen mit Sand ab. Die gebratenen Innereien gehören den erfolgreichen Kriegern, ihre erste richtige Mahlzeit seit Beginn ihrer Jagd.

Die Bäume werfen längere Schatten, Arrom und Mah legen die Stachelschweine mit zusammengebundenen Pfoten über Schultern und Rücken. Sie treten den Heimweg an.

Gerade losgegangen bleibt Arrom unvermittelt stehen. Mah geht voraus, bemerkt zunächst das Zurückbleiben von Arrom nicht, erst nach etlichen Schritten ruft Mah zurück

»Arrom, brauchst du schon wieder eine Pause?« Arrom hebt nur seine Hand, dreht konzentriert seinen Kopf in den Wind, geht langsam zurück. Mah legt sein

Grinsen ab, zögert noch. Er stampft Arrom widerwillig hinterher, holt schnellen Schrittes Arrom kurz hinter ihrer erloschenen Feuerstelle ein.

»Hörst du das?« fragt Arrom. Mah konzentriert sich, er antwortet mit einem leichten Schütteln seines Kopfes. Arrom, davon unbeeindruckt, geht weiter, er folgt seinem Gehör. Mah bleibt neben ihm, bemüht sein schlechteres Gehör durch das Absuchen des Horizontes auszugleichen. Vor ihnen breitet sich eine Landschaft aus, sie geht in leichte Senken und Hügel über, bedeckt von niedrigem grünem Gras und verstreut stehenden Schirmakazien. Am Hang einer Hügelkette hört auch Mah ein ihm vertrautes Geräusch, sie erblicken nach Erreichen des Kammes, was Arrom von Weitem hörte. In einer weiten Ebene schlängelt sich vor ihnen der breite Fluss Nala. Seine Ufer säumen Bäume und Büsche, hinter denen eine riesige Herde Ku sich in einem breiten Strom bis zum Horizont ausdehnt.

»Da sind sie, da sind sie«, brüllt Mah. Er kommt nicht an gegen den Lärm aus lautem Blöken und dem Getöse von zahllosen Hufen. Zwischen den hellbraunen Leibern der Ku, deren weiße Bäuche ein schwarzer Streifen ziert, zeigen sich die gestreiften Felle einiger Zebras, die Begleiter der Ku-Herde. Seit Generationen wiederholt sich nach jeder großen Regenzeit das Schauspiel. Arrom und Mah beobachten ein Zögern der vordersten Ku, unschlüssig den reißenden Fluss mit seiner Strömung und den lauernden Krokodilen zu durchqueren. Unsicher beobachten die Ku das vor ihnen aufschäumende Wasser, entdecken nichts Beunruhigendes. Dem Druck der dichtgedrängt folgenden Tiere nachgebend, wagen die ersten Ku von einer flachen Sandbank aus, den Sprung in die Fluten.

»Sie kommen, sie kommen«, flüstert Arrom.

Die Lider von Mah weiten sich, er beobachtet, dass weitere Ku dem Herdentrieb folgend hinterherströmen.

»Jabijarie schickt uns die Ku.«, ruft Mah. Die großen Ku strömen wie eine Lawine aus Tierleibern in den Fluss. Deutlich sind die Männchen mit ihren drei Hörnern am Schädel zu erkennen. Die beiden kleineren Hörner ragen, nach innen gekrümmt, hinter den Augen hervor. Am imposantesten ist das unterarmlange Horn am Ende des Nasenrückens, es gabelt sich am Ende in zwei nach außen gebogenen Spitzen. Mit ihrer Gestalt überragen diese Huftiere die Zebras, sie ähneln in Größe und Form einem Kudu und unterscheiden sich im Nasenrücken, der mit dem aufsteigenden Nasenhorn weiter hinausragt.

Die Herde schwimmt mit aller Kraft gegen die Strömung an, zu ihrer Seite lauert der Tod durch Krokodile, die nähern sich den verzweifelt schwimmenden Tieren. Mit Mühe schaffen es die Ku, ihre Köpfe über dem tosenden Wasser zu halten, streifen fast die Spitzen der Krokodilschnauzen. Augenblicklich schnappt ein Krokodil zu, Zähne bohren sich in das Bauchfleisch eines Ku, es kämpft verzweifelt, bei der Herde zu bleiben. Die Kraft des Krokodils zieht das Ku weiter weg, es verschwindet in den Fluten.

Endlich erreichen die ersten Ku das rettende Ufer, erklimmen mit letzter Kraft die steile Böschung. Arrom und Mah beobachten die Massenbewegung, längst fasst die flache Sandbank den Ansturm nicht mehr, die Tiere versuchen, an anderen Stellen den Fluss zu überqueren. Viele der Ku und einige Zebras fallen den Krokodilen zum Opfer oder ihre nachlassenden Kräfte halten den Fluten nicht mehr stand, aber die große Masse schafft unbeschadet die Überquerung. Der Strom der Ku dauert an und zieht weiter.

»Wir müssen zurück nach Kantis und dem Ältestenrat berichten.«, sagt Arrom. Mah zögert noch, folgt schließlich Arrom. Sie eilen zurück nach Kantis.

Nach acht Tagen erreichen die Krieger Kantis, gehen über den Palos-Platz auf das Palos zu.

»Ihr wart erfolgreich«, sagt einer der beiden Krieger, die vor dem Eingang des Palos Wache stehen, sie begrüßen sich mit einem Handschlag.

»Ja«, sagt Arrom. »Die Ahnen und Jabijarie haben uns geführt.« Mah legt die Hälfte seines toten Stachelschweins neben die Beute anderer Krieger.

»Ist der Ältestenrat anwesend?«

»Ja.«

»Ihr könnt eintreten.«, Er macht einen Schritt beiseite, gibt Arrom den Weg frei. Arrom schiebt die große Lederhaut beiseite und betritt aufrecht das Palos, Mah dicht hinter ihm. Licht fällt durch die Spalten der Holzwände, erhellt den schattigen Raum des Palos. Arrom und Mah treten etliche Schritte auf dem harten Boden vor, bleiben zwischen den ersten beiden Holzsäulen stehen. Die mit Linien verzierten Holzsäulen stützen die hohe Zwischendecke, setzen sich in zwei Reihen bis zur gegenüberliegenden Wand fort. Dort am Ende steht der verwaiste Elefantenthron. Seit der König Jakatanga vor vier Monden verstarb, entscheidet der Ältestenrat über die Kanis und das Reich Mabel bis zur Wahl eines neuen Königs. Dieser Tag ist mit der Sichtung der Ku nicht mehr fern und findet beim nächsten Großen Vollmondfest statt. Die Ältesten stehen in Gruppen zwischen den Säulen beieinander, nach und nach schauen sechsunddreißig Augenpaare auf die Neuankömmlinge. Langsam gehen die Ältesten auf ihre mit Fellen bedeckten Sitzsteine und setzen sich. Entsprechend ihrer Ernennung sitzen die Jüngsten auf den vorderen Steinen. Einer von ihnen ist der alte Sabum, der vor fünf Monden zusammen mit allen zukünftigen Ältesten der Heth, Chem und Kumesch aus dem Reich Mabel zu dem

Sitz der Ahnen, dem heiligen Berg Jakaie wanderte. Dieser einsame Berg ragt mit seinen spitz zulaufenden Hängen und einem abgeflachten Gipfel aus einer hügeligen Landschaft heraus. Die zukünftigen Ältesten erreichten nach einem beschwerlichen Tag des Aufstiegs ein kahles mit grauer Asche überzogenes Gipfelplateau. Dort erheben sich Felstürme und steile Kegel, Rauch und heißer Dampf steigt aus ihnen empor. Sie verbrachten dort drei Tage mit Meditation, Gesängen und Fasten und waren in eisigen Winden dem Schöpfer Jabijarie, Mutter Sonne, Vater Mond und den Ahnen nahe, brachten ihnen Opfer in Form von Kräutern, Fleisch und Früchten. Mancher opferte seine Speere oder Werkzeuge. Am Ende des dritten Tages kehrten sie als Älteste in ihre Heimatorte zurück, unter ihnen war auch der alte Sabum, als ehemaliger, geachteter Hordenführer zu einem neuen Mitglied des Ältestenrats ernannt. Dies geschah, weil einer von vierundzwanzig Heth im Ältestenrat starb. Wäre einer der zehn Chem oder der zwei Kumesch verstorben, so hätten sie einen anderen aus ihrer Mitte gewählt. Stets folgt einer aus derselben Kaste, entsprechend ihrer Zahl im Reich Mabel.

»Arrom, was hast du zu berichten, sprich!«, sagt der alte Sabum mit kräftiger Stimme für den Ältestenrat.

»Wir haben die Ku gesichtet, sie haben den Fluss Nala überquert.«

»Es waren viele, unglaublich viele«, ergänzt Mah mit überschlagender Stimme. Die Mitglieder des Ältestenrates betrachten sie mit zufriedenen Mienen.

»Gut, geht in eure Hütten, wir werden uns nun beraten«, sagt der alte Sabum und nickt ihnen zu. Arrom und Mah verlassen das Palos, gehen zu ihren Hütten, wo man sie sehnsüchtig erwartet.

KAPITEL 8

Die Treibjagd

Am Morgen des zwölften Tages nach Arroms und Mahs Meldung versammeln sich die Krieger aus Kantis gemeinsam mit den Kriegern der umgebenden Dörfer auf dem Palos-Platz. Jeder bei seiner Horde aus zwanzig Kriegern der Heth und dem Hordenführer. Arrom und Mah gehören derselben Horde an, der Oryx-Horde, benannt nach der Oryxantilope. Die stellen sich mit ihren langen, aufrechten, schwarzen Hörner selbst den Löwen zum Kampfe. Siebentausend Krieger füllen den Palos-Platz, stehen beieinander, jeder bei seiner Horde. Die wenigen schattigen Plätze unter den Schirmakazien sind seit dem Morgengrauen von Ältesten besetzt, die beobachten das Treiben voller Erinnerungen an ihre eigenen vergangenen Jagden. An den übrigen drei Seiten des Palos stehen dicht beisammen die Gefährtinnen der Krieger mit ihren Kindern sowie die Chem und Kumesch. Aufgeregt nehmen sie an dem Schauspiel teil.

Langsam erreicht Mutter Sonne ihren höchsten Punkt, seit dem Morgen warten die aufgeregten Krieger der

Heth ohne einen Schluck Wasser. Davon unbekümmert, sind die Krieger wie betrunken von der eigenen und der Spannung um sie herum. Einige Krieger tanzen ihren Hüpftanz, springen auf der Stelle, halten ihren Speer dicht am Körper. Andere singen gemeinsam, und an vielen Stellen erklingen unter Gelächter die Geschichten vergangener Treibjagden. Die vielen Stimmen vereinen sich, schweben als ein ständiger Geräuschpegel über den Kriegern.

In den vergangenen Tagen schickte der Ältestenrat Horden aus, um die Wanderung der Ku zu beobachten. Obwohl die Wanderung der Ku sich nach jeder großen Regenzeit wiederholt, gleicht keine Wanderung der anderen. Es gibt Variationen wie das Teilen der Herde und ein erneutes vereinen viele Tage später. Horden von Kriegern sind aufgebrochen und Läufer meldeten das Verhalten der Herde dem Ältestenrat im Palos.

Freudige Erregung erfasste in dieser Zeit alle. Kanis, die Heth, Chem und Kumesch nutzen die Tage für Vorbereitungen. Von Jung bis Alt und egal von welcher Kaste oder welchem Geschlecht, jeden erfasst das Jagdfieber.

Der Schatten des Palos dehnt sich weit aus und der Hordenführer Leamis tritt zu seiner Oryx-Horde. Sofort verstummen die Krieger, dicht gedrängt richten alle ihre Augen auf Leamis. Einer der stärksten Krieger im Geist und im Körper, sein für einen Heth eher kleiner Körper weist keine definierten Muskeln auf. Seine breite Stirn und die beiden tiefen Falten die von einer flachen und breiten Nase bis zu den Winkeln seines breiten Mundes führen, das lässt ahnen, dass ihm nicht mehr viele Treibjagden verbleiben. Er ist bereits eine Legende unter den Kriegern und Hordenführern. Leamis, der eine Säbelzahnkatze tötete. Das sind seltene Tiere, sie übertreffen an Größe und Stärke einen Löwen, greifen sogar Elefanten an. Vor vielen Monden tötete Leamis mit seinem Speer, mit Mut und Geschick, eine Säbelzahnkatze. Drei lange parallele Schmucknarben ziehen sich quer über seinen Brustkorb, das Zeichen eines Säbelzahntöters ritzte ihm der Schamane Amcha im Lauf einer Zeremonie in seine Haut.

Leamis erwidert die Blicke seiner Krieger, sie halten seinem scharfen Blick nicht lange stand, einem Blick, dem selbst Elefantenbullen auswichen.

»Wir sind den ersten Treibjägern zugeteilt«, beginnt Leamis in der Mitte seiner Krieger. Die Krieger der Oryx-Horde antworten ihm begeistert mit rhythmisch kehligen Lauten, begleitet von dem Stampfen ihrer Speere.

»Wir sind die Treibjäger.« Die Krieger verstummen.

»Wir sind an vorderster Spitze und werden die Treibjagd anführen.« Noch lauter vor Freude und Stolz jubeln seine Krieger, erneut ertönen die rhythmisch-kehligen Laute, begleitet von dem dumpfen Aufstoßen ihrer Speere.

»Wir sind die Anführer der Treibjagd.« Auf Leamis Gesicht zeigt sich ein breites Lächeln, er entblößt seine unordentlichen Zähne. Er schaffte es, diese Horde von jungen Kriegern zu einer der besten zu formen. Die Ältesten erlaubten ihm als erfahrener Hordenführer, seine Oryx-Horde ausschließlich aus jungen Kriegern zusammenzustellen, entgegen der Tradition, mit gemischten Horden von erfahrenen und unerfahrenen Kriegern. »Morgen, noch bevor Mutter Sonne am Horizont erscheint, brechen wir auf« sagt Leamis.

»Morgen früh brechen wir auf!«

Im Einklang beginnen die Krieger einen rhythmischen Hüpftanz. Begleiten sich mit einem Gesang, der von vergangenen Treibjagden berichtet. Langsam verstummt auf dem Palos-Platz der Jubel der Horden, die Krieger richten ihre Blicke auf das Dach des Palos. Dort oben steht Amcha mit dem Ältestenrat. Die Menge um das Palos verstummt.

»Begebt euch morgen auf den Weg und fangt die jemals größte zusammengetriebene Ku-Herde. Denn schon bald feiern wir in Kantis das Große Vollmondfest, das größte aller Tage.« Verkündet Amcha mit lauter Stimme.

»Wir fangen die größte Ku-Herde!« Antworten die vielen tausend Krieger.

Zwölf Tage später steht Mutter Sonne dicht über dem Horizont, die warme Luft ist erfüllt vom aufgewirbelten Staub zahlloser Hufe, unablässig ertönt das Blöken der Ku. In einem endlosen Streifen von hellbraunen Rücken, ziehen die Ku durch eine fast baumlose Ebene. Grasen auf der sich weit ausbreitenden grünen Grasfläche. Zwei lange Reihen von jeweils fünfzehnhundert Kriegern nähern sich von beiden Seiten der Ku-Herde, halten den Fluchtabstand ein. Die Ku beäugen die Krieger misstrauisch, behalten ihren langsamen Schritt. Die beiden langen Reihen von Kriegern weichen nicht von ihrer Seite. Die Krieger tragen jeweils einen Speer und drei Fackeln sowie einen mit Wasser gefüllten Sack aus einem Antilopenmagen um die Schultern. So ausgerüstet, bewegen sich zur Abenddämmerung die abschließenden Krieger der beiden Reihen, beidseitig zur Mitte der Herde und vereinen sich. Die Ku weichen aus, laufen vor oder zögern und bleiben zurück. Die große Herde trabt weiter, bleibt ruhig. In deren Mitte der von drei Seiten mit Kriegern umgebene Teil von fast sechstausend Ku.

Mutter Sonne berührt den Horizont und aus einer Buschgruppe läuft ein Krieger mit einer brennenden Fackel hervor. Das Eintauchen von Mutter Sonne in den Horizont ist für ihn das Zeichen, die Fackeln von den hinteren Kriegern zu entzünden. Die Krieger reichen das Feuer weiter, entzünden der Reihe nach, ihre Fackeln, bis die letzten Fackeln an beiden Spitzen brennen. Das Blöken der Ku schwillt an, ihre Ohren bewegen sich, der Schein der Fackeln spiegelt sich in ihren Augen. Noch bleiben die Ku ruhig, erkennen nicht die Gefahr. Beide Spitzen führen Krieger der Oryx-Horde an, Leamis dirigiert die Krieger zur Linken und Arrom mit der anderen Hälfte der Oryx-Horde die rechte Reihe der Krieger. Arrom geht seitwärts, sein Blick schweift ständig zurück zum Horizont, mit der abtauchenden Mutter Sonne.

»Ich habe das Gefühl, Mutter Sonne verschwindet heute schneller, weil du sie die ganze Zeit über so unverschämt anstarrst«, sagt Mah, er geht direkt hinter Arrom. Ärgerlich fixiert Arrom ihn für einen kurzen Augenblick und wendet sich erneut Mutter Sonne zu. Der letzte helle Rand von Mutter Sonne verschwindet hinter einer entfernten Hügelkette, das Zeichen für den Beginn der Treibjagd. Arrom zögert einen Augenblick.

»Lauf!«, schreit Mah ihn an. Arrom rennt los, in die Herde hinein und zwischen die Ku. Mah bleibt hinter Arrom, ihm folgen alle weiteren Krieger, wie Perlen an einer Schnur. Die Reihe der Krieger bleibt beieinander, sie schneiden mit ihren Fackeln den Ku ihren Wanderweg ab. Auf der anderen Seite entfernt sich Leamis mit den folgenden Kriegern von der Herde, ein abweichender linker Weg öffnet sich für die Ku. Für einen Augenblick zögern die Vordersten, sind verwirrt, können ihren Artgenossen nicht mehr folgen. Mit Rufen und schwenkenden Fackeln treiben die Krieger die Hinteren vorwärts. Die Herde setzt sich in Bewegung, folgt mit trampelnden Hufen der von den Kriegern vorgegebenen Richtung. Das anfängliche Traben der Ku geht in eine Flucht über, das Blöken steigert sich zu einem hastigen andauernden Rufen, gemischt mit dem Wiehern der Zebras. Der Boden bebt, Staub wirbelt auf.

»Schneller, schneller!«, ruft Arrom, Mah folgt ihm mit wenigen Schritten Abstand. Sie sprinten mit den folgenden Kriegern entlang der Flanke der umschlossenen Herde und können ein Überlaufen ihrer Spitzen durch die vordersten Ku zusammen mit vielen Zebras nicht verhindern. Die Fluchttiere scheren in die Dämmerung aus, entweichen der tödlichen Falle. Langsam wandelt sich die anfängliche Flucht der Ku in ein Traben, es sind keine ausdauernd schnellen Läufer, folgen der von den Kriegern vorgegebenen Richtung. Die Krieger führen die Tiere in einem weiten Bogen weg von der großen Herde, hin zu einer entfernten Hügelkette, deren Konturen sich schwarz vor dem sich verdunkelnden Himmel erheben. Von drei Seiten mit dem Feuer der Fackeln umgeben, folgen die Ku der einzigen ihnen zur Flucht freien Richtung. Hinaus auf die offene Ebene, die bleibt für sie unerreichbar. Die Krieger halten die

Herde zusammen, sie sind darauf bedacht, ein Durchbrechen der Herde zu verhindern. Arrom trinkt einen Schluck aus seinem Wassersack, seine Beine laufen von selbst, darauf konzentriert gleichmäßig zu Atmen. Der dünne Rand von Vater Mond wandert zwischen den Feuerstellen der Ahnen, zusammen mit Leamis führt Arrom die Krieger mit der eingeschlossenen Ku-Herde auf die schwarze Hügelkette zu. Davor ein schwacher Lichtschein, mehr geahnt, als dass man ihn sieht. Dort liegt ihr Ziel. Ein breites Tal zieht sich leicht gebogen weit in die Bergkette hinein, genannt das Tal der Ku. Aber selbst der ausdauerndste und schnellste Krieger ist nicht in der Lage, das trabende Tempo der Tiere über die ganze Strecke mitzulaufen.

Weitere viertausend Krieger warten im Dunkeln entlang ihrer Strecke. Nach und nach laufen die ausgeruhten Krieger mit, entzünden ihre Fackeln und bilden die neue Spitze. Arrom fällt weiter zurück, befindet sich in der Mitte der Herde von noch fünftausend Ku. Vor Arrom stolpert ein Krieger, fällt zu Boden, Arrom weicht im letzten Augenblick aus. Eine breite Lücke klafft zum vorderen fackeltragenden Krieger, Arrom steigert nochmals sein Tempo, vorbei an Sträuchern und Büschen. Zwischen den Kriegern dürfen keine größeren Lücken entstehen, er schließt auf, hört dicht hinter sich die keuchende Stimme von Mah, »Achte auf die Zebras!« Aus dem Augenwinkel erkennt Arrom einen Hengst.

Der sprintet mit seinen vier Stuten an ihm vorbei, um durch die Lücke auszubrechen. Es sind nicht die Zebras, die sie jagen, doch die Ku würden folgen und schließlich würde die ganze Herde ausbrechen. Arrom und Mah schleudern im Lauf ihre Speere, ein Speer streift den Hengst, der andere trifft in die Flanke. Mit dem Speer in der Flanke dreht der Hengst ab, zurück in die Mitte der Herde, gefolgt von seinen vier Stuten.

Arrom gelingt es, die Lücke zu schließen, läuft in seinem alten Rhythmus weiter. Langsam ermüden Arroms Beine, während die Tiere ihn langsam und stetig überlaufen. Er gelangt ans hintere Ende der Treibjagd, schaut der Herde hinterher und folgt ihnen. Seine wunden Füße schmerzen, die Muskeln seiner Beine erlahmen, er hält mit aller Kraft dagegen, bemüht das Tempo zu halten. Arrom schaut neben sich, Mah ist nicht mehr an seiner Seite. Vor Arrom schließt sich die Reihe der Krieger, er fällt weiter zurück, schaut der davoneilenden Herde hinterher. Gemeinsam mit vielen über die Ebene verteilten und erschöpften Kriegern trabt Arrom langsam aus, der Treibjagd hinterher, bis er nur noch langsam geht. Arrom lässt die letzte verloschene Fackel fallen. Beugt seinen Oberkörper nach vorn, stützt sich schwer atmend mit seinen Händen auf die Knie.

»Hey, das bisschen Laufen hat dich doch nicht erschöpft«, hört Arrom die Stimme von Mah hinter sich. Er richtet sich auf, neben ihm stehen Mah und Leamis.

»Gut gemacht. Nur noch ein Stück, wir haben es fast geschafft«, sagt Leamis tief atmend und greift Arrom an den Oberarm.

Das Stampfen der Hufe entfernt sich, die Krieger folgen mit schnellem Schritt dem aufgewühlten Boden. Ihr Atem beruhigt sich, ihre Herzen schlagen langsam. Vor ihnen leuchten die beiden großen Feuerstellen, sie flankieren den Eingang zum Tal der Ku. Die Flammen flackern vor der aufragenden Hügelkette, dort wo die Treibjagd endet. Ihr Ziel vor Augen, beginnen ihre schmerzenden Füße schneller zu gehen, stampfende Hufe nähern sich von vorne. Die Krieger weichen mit einem Sprung den aus der Dunkelheit auftauchenden Ku aus. Sie starren verwundert zum Tal, erkennen zwischen den beiden großen Feuerstellen eine Reihe von leuchtenden Fackeln.

»Irgendetwas stimmt nicht«, ruft Leamis mit bebender Stimme. Ihre schweren Beine bewegen sich schneller, dem Tal der Ku und einer unheildrohenden Geräuschkulisse entgegen. Rufe ertönen und der leichte Wind trägt ihnen deutlich entgegen.

»Kommt, kommt schnell hierher.« Die drei Krieger laufen los, ihre zuvor schmerzende Füße sind vergessen. Sie sehen ihren Erfolg der langen Treibjagd in Gefahr, die sichere Fleischversorgung für Kantis und für das Große Vollmondfest.

Die Heth und Chem schwenken wild ihre Fackeln und brüllen. Bemüht, die zurücklaufenden Tiere aufzuhalten und zurückzutreiben. Es herrscht Panik in der Herde, Ku und Zebras rennen kopflos gegen einen niedrigen Wall aus Steinen an. Die Chem tragen Steine, Holzstämme und Dornenbüsche heran. Sie haben die Aufgabe, das breite Tal der Ku mit einem Wall aus Steinen und krönenden Dornenbüschen zu verschließen. Die Krieger stehen auf einem unfertigen und niedrigen Wall, halten die Ku und Zebras auf. Trotzdem gelingt es einigen, durchzubrechen oder sie überspringen mit einem mächtigen Satz die Krieger.

Als fast die gesamte Herde ins geschlossene Tal der Ku getrieben war, begann überraschend die Rückwärtsbewegung der Tiere. Vorweg die Zebras, verstehen es sich mit ihren Hufen und Bissen durchzusetzen.

Arrom erreicht den Wall aus aufgeschichteten Steinen, ein Zebra droht durchzubrechen. Noch im Laufen schleudert Arrom einen ihm gereichten Speer, das Zebra bricht am Hals getroffen zusammen. Ein Weiteres bäumt sich vor ihm auf, Arrom weicht aus zur Seite, schlägt mit der Faust gegen den Hals des Tieres. Ein lautes Aufschnaufen, das Zebra weicht zurück, bleibt nach wenigen Sätzen erneut stehen. Unter Wiehern schlägt das Zebra mit den hinteren Hufen aus. Arrom bleibt verborgen, wonach das Zebra ausschlägt.

»Löwen!« Der Ruf geht vielstimmig über das ganze Areal.

Eine Fackel fliegt nach vorn auf den Boden, kurz erscheint im Lichtkreis eine hechelnde Löwin. Ein Rudel

Löwen ist mit der Herde ins Tal geraten, auch die hofften in der vergangenen Nacht auf reiche Beute. Sie befinden sich jetzt selbst in der Falle. Derart in Bedrängnis griffen die Löwen jedes in der Nähe befindliche Ku oder Zebra an, sie versetzten die Herde in Unruhe, der eine panische Flucht folgte.

Zwei Fackeln über seinem Kopf schwenkend steht Arrom auf dem ständig wachsenden Steinwall. Weitere Krieger eilen herbei, bilden dicht beieinander einen lebenden Wall mit vorgehaltenen Speeren und Fackeln. Die erhellen den aufgewirbelten Staub in einen milchig dunklen Nebel, aufgeschreckte Kus und Zebras weichen mit lautem Blöken und Wiehern zurück. Für einen Augenblick glaubt Arrom, in einigen Schritten Entfernung zwei dicht über den Boden aufblitzende Augen zu erkennen. Die verschwinden im Staub und Arrom streift mit seiner Fackel das gespaltene Horn eines Ku. Kurz darauf ertönt ein lautes, ins Mark gehende Brüllen. Unwillkürlich lässt es die Krieger zusammenzucken. Arrom erkennt aus dem milchigen Staub heraus einen Löwen mit mächtiger Mähne auf sich zukommen. Zwei faltig zusammengezogene Augen fixieren Arrom. Im Reflex neigt Arrom seinen Körper, ein Lufthauch zieht im selben Augenblick über ihn hinweg. Arrom sieht den Schweif des Löwen, der verschwindet mit einem triumphierenden Brüllen in der Dunkelheit. Zwei weitere Löwen und drei ältere Löwinnen folgen diesem Beispiel, überspringen den Wall kraftvoll. Einige Krieger stürzen vom Steinwall zu Boden. Zwei jüngere, unerfahrene Löwinnen greifen in ihrer Angst und Verzweiflung mit Prankenhieben und unter Fauchen die Krieger direkt an. Leamis, der erfahrene Säbelzahntöter, wirft mit sicherer Hand seinen Speer, mitten ins Herz, er tötet eine junge Löwin. Die andere Löwin schlägt und beißt auf dem schrägen Hang liegend nach Speeren, sie verbeißt sich in einen Speer, weitere stoßen zu, dringen ins Herz. Die Ku und Zebras weichen vorm wachsenden Steinwall zurück, auf dem endlich die ersten Dornenbüsche stehen. Darüber hinweg brüllen die anderen Löwinnen aus dem Tal der Ku nach ihren Gefährten, die brüllen ihre Antwort über die dunkle Ebene, über der langsam die Feuerstellen der Ahnen erlöschen.

Im Grau des Himmels zeichnen sich die erschöpften Silhouetten der hockenden Krieger und Chem ab. Mit dem ersten Licht von Mutter Sonne treffen die Schamanen, Murran und die Frauen der Heth und Chem der vier umliegenden Dörfer ein. Sie versorgen die Wunden der Krieger und Chem, reichen ihnen Wasser und Speisen.

Mutter Sonne steigt über den Horizont, Licht fällt in das Tal der Ku, wirkt beruhigend auf die Tiere, sodass deren Blöken in ein gleichmäßiges Schnauben übergeht. Die Krieger erhalten ihre Bündel mit Schlaffellen und weiteren Speeren. Gemeinsam mit den Kriegern der Oryx-Horde ruhen Arrom und Mah auf ihren Fellen. Sie reinigen im Morgenlicht die Wunden an Füßen und Beinen mit Wasser, reiben sie zur Heilung mit Kräutern ein. Die Krieger lachen und scherzen, froh darüber, dass die Treibjagd zum Schluss nicht noch scheiterte.

Die Krieger umgibt eine Betriebsamkeit, die den Morgen anhält. Die Chem verstärken den Steinwall, zerlegen die in der Nacht vor dem Steinwall getöteten Tiere, sie braten das zerlegte Fleisch an Ort und Stelle.

Leamis kehrt zurück, baut sich beinahe schattenlos unter der hochstehenden Mutter Sonne vor seiner Oryx-Horde auf. Zehn Mitglieder des Ältestenrats haben die Treibjagd beobachtet, sie haben am frühen Morgen alle Hordenführer zu sich gerufen in das größte Dorf, abseits in einem kleinen Tal gelegen, auch Klein-Kantis genannt. Dorthin haben sich die Ältesten mit dem Morgengrauen zurückgezogen. Unter Leamis zusammengezogenen Augenbrauen zieht sich eine tiefe, in die Haut eingegrabene Falte, sie verbindet über der Nasenwurzel seine schmalen Augen.

»Los auf, wir sind beim Löwenkopffelsen zur Wache eingeteilt« sagt Leamis kurz mit kühlem Unterton und einem ernsten Blick, der keine Fragen oder einen Widerspruch zulässt. Abrupt schlägt die zuvor entspannte Stimmung der Krieger um, das Scherzen und Lachen mündet in ein trübes Schweigen. Selbst Mah äußert entgegen der ihm eigenen Art nichts mehr, und in einer

Reihe folgt die Oryx-Horde stumm ihrem Hordenführer Leamis. Sie folgen einem schmalen steinigen Pfad, über den linken felsigen Hang neben dem Eingang, zum Tal der Ku hinauf. Leamis führt die Oryx-Horde auf die halbe Höhe des linken steilen Hanges und weiter am Tal der Ku entlang, sie schauen hinunter auf ein breites mit Ku gefülltes Tal.

»Was ist denn passiert? Schau dir die vielen Tiere an, wir waren erfolgreich«, flüstert Mah Arrom zu. Mah folgt als letzter, wagt als Einziger einen leisen Kommentar. Doch Arrom schweigt, folgt weiter stumm dem Pfad, genau wie allen anderen an der Treibjagd beteiligten Horden. Auf der halben Länge der Biegung des Tals bleibt Arrom stehen. Von der innen liegenden Biegung aus lässt Arrom seinen Blick schweifen. Vom Eingang des Tals der Ku mit dem Wall aus Steinen und den krönenden Dornenbüschen, bis zu dem gespaltenen Ende, in das der Felsen mit der Form eines Löwenkopfes hineinragt. Arrom schätzt trotz der Verluste der vergangenen Nacht über fünftausend Tiere, so viele wie noch nie zuvor. Am Ende des Tals, zu beiden Seiten des Löwenkopffelsens, flachen die Hänge ab, hoch aufgeschichtete Steinwälle versperren dort die Fluchtwege für Ku und Zebras. Die Tiere versammeln sich dicht gedrängt am Fuße des Löwenkopffelsens, dort wo sich in der Regenzeit ein See bildet und wo sie ihren Durst stillen. Der Blick von Arrom wandert zurück, aus dem

Tal ertönt das Stampfen von vielen Hufen, zusammen mit dem Blöken der Ku und dem Wiehern der Zebras zu ihm hinauf.

»Du hast recht. Wir waren erfolgreich, aber auch dem Scheitern sehr nah. Ich denke, das hat die Ältesten sehr verärgert«, sagt Arrom.

Mah schaut ihn von der Seite an, erstaunt darüber, wie lange er auf eine Antwort warten musste. Schnellen Schrittes setzen Arrom und Mah ihren Weg fort, schließen zu ihrer Oryx-Horde auf. Weitere Horden folgen ihnen, andere warten bereits oberhalb des Pfades in einer langen Reihe. Die Oryx-Horde erreicht ihren Platz am Anfang des Löwenkopffelsens, sie stellen sich, wie alle anderen Krieger, in einem Abstand von drei Schritten auf.

»Schau nur«, sagt Mah zu Arrom und richtet in Verlängerung seines Armes den Speer auf eine große Lücke innerhalb der Ku-Herde. Dort am Ende, auf der linken Seite des gespaltenen Tals, liegen vier junge Löwinnen, erschöpft von der vergangenen Nacht.

»Unsere Treibjagd ist noch nicht zu Ende … der Ältestenrat ist verärgert«, ertönt laut, die Stimme von Leamis. Alle Krieger der Oryx-Horde schauen zu ihm hangabwärts.

»Fast hätten wir letzte Nacht die gesamte Herde verloren. Etwas Vergleichbares ist noch nie passiert und darf so nie wieder geschehen.« Leamis unterbricht, lässt seinen Blick über seine Krieger schweifen.

»Die Löwen sind noch vor Einbruch der Dunkelheit zu töten. Damit die Herde endlich zur Ruhe kommt. Wir sind mit allen an der Treibjagd beteiligten Horden bis auf Weiteres als Wache eingeteilt, um darüber zu wachen, dass nichts Unvorhergesehenes mehr geschieht.« Er wendet sich kurz ins Tal.

»Wir müssen die Löwen von den Ku trennen oder zumindest von dem Großteil der Ku-Herde. Die Herde darf nicht noch einmal in eine panische Flucht verfallen.« Er schaut über die Hänge des Tals der Ku, wo die siebentausend Krieger oberhalb des Pfades stehen.

»Der Ältestenrat hat bestimmt, dass alle Krieger den Hang bis auf die Höhe einer Giraffe hinabsteigen. Danach strömen zwei Reihen Krieger ins Tal der Ku hinein, sperren den hinteren Teil des Tals ab und gehen auf die Löwen zu. Sie lassen in der Mitte für die Ku und Zebras eine Fluchtmöglichkeit offen. Aber wenn die Löwen sich nähern, gibt es keine Lücke mehr. Die Löwen werden sterben«.

Leamis wendet sich endgültig dem Tal der Ku zu. Alle Hordenführer heben gleichzeitig ihren Speer in die Höhe, gemeinsam folgen die Krieger ihren Hordenführern den Hang hinab. Unter Mühen klettern die Krieger im gesamten Tal den steilen Hang zwischen den Felsen hinunter. Die Hordenführer verbleiben oberhalb ihrer Gruppen, beobachten die Löwen, verständigen sich untereinander, dirigieren ihre Horden.

Arrom bleibt oberhalb einer überhängenden Felswand stehen, ein weiterer Abstieg ist für ihn nicht möglich. Höher als alle anderen Horden, verharrt die Oryx-Horde als Zuschauer, ohne einzugreifen. Arrom schaut auf die vier Löwinnen, die liegen in der Mitte des linken gespaltenen Tals, ihre Köpfe mit lauschenden Ohren angehoben. Die Hordenführer dirigieren vor dem Löwenkopffelsen ihre Krieger von beiden Seiten des Tals in zwei Reihen aufeinander zu. Die Ku und die wenigen Zebras weichen den Kriegern in kurzem Galopp zu beiden Seiten aus. Schulter an Schulter stehen die Krieger, bewegen sich in zwei Reihen quer durch das Tal. Zwischen deren Ende klafft eine Lücke, wo sich jeweils ein Pulk von Kriegern versammelt. Mittlerweile erheben sich die hechelnden Löwinnen, ihre Blicke schweifen über die verängstigten Ku und Zebras, sie ahnen die Gefahr. Die beiden Reihen aus Kriegern nähern sich dem Löwenkopffelsen und dem vorgelagerten See. Viele der Ku und Zebras nutzen die einzige Fluchtmöglichkeit zwischen den beiden dichten Reihen der Krieger, die sich auf das Ende des Tals zu bewegen. Vor den unruhig umherstreifenden Löwinnen suchen die verbliebenen Ku dicht gedrängt Schutz bei den hohen Felsen. Die Löwinnen sprinten los, versuchen, durch die Mitte zu entkommen. Die beiden Pulks von Kriegern strömen aufeinander zu, schließen die Lücke. Die Löwinnen sehen sich einer dichten Reihe von zum

Wurf bereiten Speeren gegenüber. Eine Löwin sprintet weiter, möchte zwischen den Kriegern und dem See entkommen, sie springt mit weiten Sätzen durch das flache Ufer, Wasser spritzt. Die Krieger am Ufer verfehlen die Löwin nicht, von fünf Speeren in die Flanke getroffen bricht die Löwin im Wasser zusammen. Eine weitere Löwin folgt humpelnd, mit einer Verletzung aus der vergangenen Nacht. Weit vor dem See bricht sie zusammen, von mehreren Speeren getroffen. Die Krieger schließen zum Ufer auf, ziehen die tote Löwin aus dem Wasser. Die beiden verbliebenen Löwinnen rennen panisch zwischen die Felsen. Jede sucht für sich einen Ausweg, an unterschiedliche Stellen wollen sie über die Felsen entkommen. Sie erklimmen mit weiten Sätzen die ersten Felsen, es folgen steilere Felsen, an denen ihre Krallen keinen Halt finden. Dort bleiben die Löwinnen liegen, Speere stecken in ihren Körpern, geworfen von den höher wartenden Kriegern.

Jubel ertönt, breitet sich über das ganze Tal der Ku aus. Langsam kehren die Krieger auf den Pfad in der Mitte des Hanges zurück. Zum Nichtstun verdammt, beobachten sie das Wachsen der Schatten im Tal der Ku, bis sich die Nacht über das Tal ausbreitet. Auf dem harten Felsen verbringen die Krieger, eingewickelt in ihre Schlaffelle, eine kühle Nacht.

Eine lange Nacht endet, Mutter Sonne überschreitet den Horizont hinter der weiten Ebene. Ihr Licht wärmt die Krieger, die am Hang zum Tal der Ku verweilen, während Mutter Sonne langsam den Himmel hinaufsteigt. Als die Schatten kurz sind, kommt Nekan herbeigelaufen. Er gehört zu den Murran, die den Ältestenrat begleiteten. Vor Leamis weiten sich seine Augen mit den hängenden Lidern,

»Die Ältesten haben beschlossen, dass ihr von der Wache befreit seid, ihr könnt zurück nach Kantis gehen.«

»Gut«, antwortet Leamis, geht ohne ein weiteres Wort voran. Seine Krieger folgen ihm den schmalen Pfad entlang, zurück nach Kantis und zu ihren Hütten, wo ihre Familien warten. Im Laufe des Tages verlassen alle weiteren Horden, die an der Treibjagd teilnahmen das Tal der Ku, diese ersetzen weitaus weniger Horden.

KAPITEL 9

Eine neue Rundhütte

Noch ist es dunkel, Arrom spürt den nahen Morgen, nimmt langsam Kamils Arm von seiner Brust. Ihre beiden Söhne atmen ruhig und gleichmäßig. Ein Atmen, das ihn begleitet, beim Verlassen der Hütte. Noch liegt tiefe Nacht über Kantis, die ersten Vögel zwitschern, rufen den nahen Morgen herbei. In den Hütten der Nachbarn ist es ruhig, Kantis schläft. Die Kühle der Nacht lässt Arroms Körper erschauern, kühle Luft befeuchtet seine Atemwege. Der Beginn eines neuen Tages steht bevor, an dem sich ihr Leben verändert.

Wie Amcha es bestimmt hat, haben die Chem für seine Familie eine neue Hütte gebaut. In direkter Nachbarschaft zu den Kumesch und näher zu der Höhle der Schamanen. Eine neue Hütte fast doppelt so groß wie ihre alte. Ihm wird bewusst, dass allein die Größe der Hütte nach der Regenzeit mehr Aufwand beim Ausbessern der Lehmwände bedeutet, vielleicht holt er sich einen der Chem als Hilfe. Seine Gedanken schweifen weiter, er denkt an Kamil, die nicht glücklich ist, ihren vertrauten Platz in Kantis zu verlassen. Sie lobt dennoch die Nähe zum Fluss Danatus und zum Palos-Platz. Langsam hellt sich der Himmel über dem Horizont auf, die Feuerstellen der Ahnen erlöschen am grauen Himmel. Nur noch die Feuerstellen der Krieger oberhalb des Tals von Kantis brennen. Arrom wendet sich seiner Hütte zu, geht hinein in dem Bewusstsein, dass die bald nicht mehr stehen wird. Ein Heth baut an dieser Stelle seine eigene Hütte.

»Ist es schon so weit?«, hört Arrom die verschlafene Stimme von Kamil.

»Ja, aber lass unsere Söhne noch schlafen.« Kamil erhebt sich vom Nachtlager, macht zwei Schritte, schmiegt sich dicht an Arrom

»Brauchen wir denn eine größere Hütte?«

»Warte ab, es wird dir gefallen« Arrom drückt Kamil fest an sich. »Ich denke, eines Tages wären wir sowieso in eine größere Hütte gezogen. Nun lebt Sabum näher bei den Kumesch und sieht Seinesgleichen.«

»Ja, eines Tages«, antwortet Kamil wehmütig.

Sie räumen gemeinsam ihre Sachen zusammen, Kalebassen, Tonschalen, halbrunde Gefäße aus Kürbis, Schaber, die Jagdausrüstung von Arrom mit seiner Steinaxt, einen Mörser, den dazugehörigen hohlen Stein und ihre Felle. Hume und Erebe treten dazu.

»Sabum, Mah und Nekan kommen auch gleich«, sagt Hume und tritt an Arrom heran.

»Lass mich das machen.« Sie drückt Arrom beiseite. Arrom steht ratlos in der Mitte seiner Hütte, schaut den Frauen zu und tritt hinaus.

»Hallo, Arrom.« Der alte Sabum nähert sich zusammen mit seinen Söhnen. Arrom begrüßt den Ältesten, den Krieger und den Murran mit einem Handschlag, dem Zeichen des Friedens.

»Wir haben dich gestern Abend vermisst, dachten uns dann aber, dass du die ganze Arbeit schon erledigt hast und wollten gleich zur neuen Hütte gehen«, sagt Mah. »Aber wir sehen, Hume hatte recht, du brauchst tatsächlich noch unsere Hilfe.« Ein Lachen ertönt aus der Hütte, das unverkennbare Lachen von Erebe. Ein fast ersticktendes, hohes Lachen, schnell und abgehackt. Jeder, der Erebe zum ersten Mal lachen hört, fürchtet, sie gerate dabei in Atemnot. Dazu erklingt das kindliche Lachen von Hagam und nun noch lauter, weil Hume aus der Hütte schaut.

»Hört auf zu reden und kommt herein, wir sind so weit.« Der alte Sabum, Arrom und Nekan erhalten Bündel, ebenso erhält Mah seine Last von Hume. Kamil trägt den kleinen Sabum in einem Tragefell auf ihrem Rücken, Erebe führt den mit kleinen Schritten folgenden Hagam an der Hand. Am Ende folgt Hume, die unter energischen Worten Mah antreibt, der ihr unbedingt einen Teil seiner Last abgeben will. Das gelingt ihm trotz eines Schwalls von Wörtern nicht.

Vor der neuen Hütte erwarten Arrom und Kamil ihre neuen Nachbarn, unter ihnen Leamis. Sie halten zum Willkommen kleine Gastgeschenke von Früchten und Speisen in ihren Händen. Jede Hütte ist hier größer und die Abstände zwischen den Hütten sind weiter. Wenige Schritte von ihrer neuen Hütte entfernt steht eine große Schirmakazie, wirft im Licht der aufgehenden Mutter Sonne einen weiten Schatten bis zur neuen Hütte. Dort wartet Amcha vor dem Eingang.

»Euer neues Heim erwartet euch.« Er hält mit seinem Schamanenstab die Lederhaut eines Ku vor dem Eingang zur Seite. Kamil und Arrom treten ein, der Geruch von feuchtem Lehm und frischem Stroh umgibt sie. Durch eine in Kopfhöhe eingearbeitete kleine Öffnung fällt neben dem Eingang Licht hinein, erhellt die Lehmwand, verteilt sich im ganzen Raum. Ihre Blicke erfassen ihr neues Heim. Kamil tritt zwei Schritte vor, berührt den Holzpfosten in der Mitte, sieht nach oben, wo der das Strohdach trägt. Ihr Blick gleitet weiter nach unten, zur kleinen Feuerstelle, zwischen Holzpfosten und dem Eingang gelegen, daneben ragt trockenes Feuerholz empor.

»Die ist ja doppelt so groß wie unsere Hütte«, flüstert Kamil zu Arrom und umfasst mit beiden Händen den Holzpfosten.

»Nicht ganz, aber es scheint wirklich so.« Erebe mit Hagam, Hume, der alte Sabum, Mah und Nekan folgen, legen die von ihnen getragenen Gegenstände auf den

Boden. Nach einem kurzen Rundblick verlässt einer nach dem anderen die Hütte, nur Hume beginnt sofort, die Sachen auf die aus der Lehmwand herausragenden Holzstücke zu hängen. Arrom und Kamil treten vor ihre neue Hütte, dort breiteten ihre Nachbarn die Früchte und Speisen auf einem Lager unter der Schirmakazie aus. Sie setzen sich gemeinsam an das Lager, genießen das Essen. Der kleine Sabum wandert von Arm zu Arm, erhält besondere Aufmerksamkeit. Währenddessen spielt Erebe mit Hagam, der zunächst begeistert, sein Interesse auf eine neue Person richtet. Vorsichtig nähert sich Hagam dem Obersten Schamanen, setzt sich neben ihn, lächelt ihn strahlend an. Amcha lächelt zurück, Hagam greift nach dessen Schamanenstab und erzählt in seiner Kindersprache. Amcha hört Hagam aufmerksam zu und schaut in dessen Augen, während Hagam weitererzählt. Unvermittelt verstummt Hagam, senkt schüchtern seinen Blick zu Boden.

»Möchtest du auch mal so einen Schamanenstab besitzen?«

Hagam sieht zu Amcha auf.

»Ein solcher Schamanenstab wird einem überreicht. Aber davor muss man viel lernen, Geduld haben und ...« Hagam kommentiert mit einem kindlichen Laut, Amcha setzt ihn auf sein linkes Bein.

»Ja, auch Schmerzen ertragen. Und nicht jeder Schamane erhält einen solchen Stab, nur die klügsten und weisesten. Aber dies ist ein langer Weg, und bevor ich ein Schamane wurde, musste ich als Schüler viel lernen ... .«

Amcha erzählt weiter. Hagam schaut mit weiten Augen zum Obersten Schamanen auf, lauscht dessen Worten und kommentiert ihn mit kindlichen Lauten, als verstünde er alles.

Der Oberste Schamane und das kleine Kind verbringen den weiteren Tag gemeinsam, bis Mutter Sonne sich dem Horizont nähert und die Gemeinschaft sich auflöst. Lautstark protestiert Hagam, möchte nicht von seinem neuen Spielkameraden ablassen. Selbst das Versprechen, Amcha komme bald wieder, beruhigt ihn nicht.

KAPITEL 10

Die Kumesch

Ein neuer Morgen erwacht mit Mutter Sonne, Kamil sitzt vor ihrer neuen Hütte. Ihre Augen zeugen von einem unruhigen Schlaf, Träume verfolgten sie und ihre Gedanken fanden keine Ruhe. Hinter ihrer neuen Hütte befindet sich eine breite Gasse, sie führt zum Palos-Platz und trennt die Hütten der Heth von denen der Kumesch. Dort beginnt der Teil von Kantis, in dem die Kumesch leben, ihre weißen Rundhütten begrenzen die Rückseite des Palos-Platzes. Sie schmiegen sich am Danatus entlang, bis eine weitere breite Gasse die Kumesch von den Heth trennt. Dort in der Mitte unter den Kanis fanden die Kumesch ihren Platz, an dem eines Tages Sabum leben wird.

Noch ist dieser Tag in weiter Ferne, aber mit der Nähe zu den Kumesch fühlt Kamil den Abschied. Freude, Sorge, Tradition und Traurigkeit mischen sich in ihren Gedanken und Gefühlen.

Kamil horcht auf, ein Geräusch reißt sie heraus, Hagam erwacht weinend. Sie betritt die Hütte, trägt

Hagam hinaus. Langsam beruhigt sich dieser, löst sich aus seinem Traum, begreift die ihn umgebende Wirklichkeit. Kamil schaut zwischen den ersten Hütten weiter über eine Landschaft aus zahlreichen spitz aufragenden Strohdächern das breite grüne Tal des Danatus hinab. Auf die ferne grüne Ebene, wo Mutter Sonne hinterm Horizont emporsteigt.

Mutter Sonne wärmt ihren Körper, in ihrem Licht schimmern die schwarzen Haare. Bekleidet mit der zweiteiligen Lederschürze und Hagam auf der rechten Hüfte steht Kamil Mutter Sonne zugewandt. Ihre schlanke Silhouette wirft einen langen Schatten bis zu ihrer neuen Hütte, mit den tief schlafenden Arrom und Sabum.

Der Schatten der Schirmakazie hat Arrom länger schlafen lassen. Über sich verwundert, tritt er mit Sabum auf dem Arm vor die Hütte.

Das Lachen von Hagam erklingt, er erkundet seine neue Umgebung. Mutter Sonne steigt am Himmel weiter empor, der Tag erhitzt sich, Hagam bleibt unermüdlich. Er entdeckt in seinem mittlerweile kurzen Schatten einen Stein, von der Größe seiner Faust, greift den Stein, wirft ihn einige Schritte weit weg. Seine Augen folgen dem rollenden Stein, der bleibt vor zwei großen weißen Füssen liegen. Mit weiten Augen sieht Hagam auf, läuft augenblicklich mit einer Kehrtwendung zu Arrom und Kamil, die sich zur Mitte des Tages

zusammen mit Sabum in den Schatten der Schirmakazie zurückgezogen haben. Hagam stupst Kamil an.

»Da.« Hagam zeigt auf einen Kumesch.

Die Stimme von Häuptling Omab ertönt.

»Ich begrüße euch in eurem neuen Heim, Glück und
Zufriedenheit herrsche unter eurem Dach.«

Arrom und Kamil, mit dem schlafenden Sabum im
Arm, erheben sich. Häuptling Omab tritt zu ihnen in
den Schatten. Er trägt das über eine Schulter hängende
und bis zu den Knien reichende Gewand aus weißem
Fell und reicht erst Arrom und anschließend Kamil die
Hand.

»Sei willkommen Häuptling Omab. Was führt dich zu
uns?«

»Auch wir, die Kumesch, möchten euch begrüßen,
ich lade euch ein, mir zu folgen. Oschne und meine
Töchter erwarten euch. Aber zuvor möchte ich euch
noch etwas zeigen.«

Wenige Augenblicke später gehen sie los, Kamil trägt
den schlafenden Sabum in einem Tragefell auf ihrem
Rücken. Arrom trägt den vergnügten Hagam auf seinem
Arm. Sie folgen Häuptling Omab hinein in den Teil der
Kumesch von Kantis. Bis zu ihrer Zusammenführung
kannte Kamil die Kumesch nur aus Erzählungen. Die leben nur hier in Kantis, kein Kumesch besuchte während
ihrer Kindheit das kleine Dorf auf der weiten Ebene, in
dem sie aufwuchs. Der Umgang mit den Kumesch war

für Kamil nicht selbstverständlich, anders als für jene, die in Kantis aufwuchsen. Kamil ging bisher nur einmal schnellen Schrittes durch den Teil der Kumesch, dies war noch vor Hagams Geburt.

Sie gehen gemeinsam an den weiß verputzten Lehmwänden der Hütten entlang, hier stehen die Hütten enger beieinander als in den anderen Teilen von Kantis. Lassen Mutter Sonne nur wenig Platz, den Boden zu erreichen, überdies blockieren zahlreiche, zwischen den Hütten gespannte Felle, das Licht. Kamil schaut in die Gesichter der Kumesch, bleibt dicht hinter Arrom. Die Augen, es sind die Augen der Kumesch, hellblaue wie die von Sabum oder tiefschwarze, aber am meisten faszinieren und ängstigen Kamil die leuchtendroten Augen. Umrahmt von weißer Haut, manchmal unterbrochen von dunklen Flecken. Wie bei Sabum, dessen Haut auf seinem Rücken einen großen schwarzen Fleck aufweist.

Nicht bei allen Kumesch sind die Haare hell, bei einigen wenigen ähnelt das krause schwarze Haar ihren tiefschwarzen Augen. Doch meist sind ihre glatten Haare in gelber oder fast weißer Farbe, selten mit einem roten Schimmer.

Ein glatzköpfiger Junge läuft an Kamil vorbei, schaut sich kurz um, lacht Kamil an. Seine nackte Haut bedeckt eine rote Paste, hinter der Kamil fingernagelgroße dunkle Flecken in seinem Gesicht erkennt. Ein gleichgroßes Mädchen folgt dem Jungen, ihr langes gelbes Haar wiegt sich auf ihrer mit roter Paste eingeriebenen Haut. Anders als bei den Heth oder Chem tragen die Mädchen der Kumesch lange Haare. Die beiden Kinder bleiben unter einer der zahlreichen Schirmakazien stehen, spenden Schatten wenn der Platz zwischen den Hütten sich weitet. Wo keine Akazie Schatten bietet, sitzen die Kumesch unter einem schattenspendenden Holzgerüst. Von dort schauen die Anwesenden kurz auf, begrüßen Häuptling Omab mit einem flüchtigen Kopfnicken. Für die Kumesch ist die Anwesenheit von Heth oder Chem nichts Besonderes, anders für Kamil, ihre geweiteten Augen erfassen eine für sie fremde Welt.

Sie verlassen den Teil der Kumesch von Kantis, gehen fast am Platz ihrer alten Hütte vorbei, weiter aus Kantis hinaus. Ein schmaler steiniger Pfad führt sie an einem mit grünen Sträuchern bewachsenden Talhang schräg hinauf und aus dem Tal hinaus. Sie schreiten dort weiter über eine hügelige Landschaft, bedeckt mit Gras und Büschen in unterschiedlichen Grünfärbungen. Hügel und Täler enden vor einem zerklüfteten Hang steil vor ihnen. Ein sich hinaufwindender Pfad führt die kleine Gruppe auf einen Kamm, sie schauen auf ein Tal von nahezu runder Form, eingebettet zwischen hohen Hügeln. Vor ihnen fällt der Hang sanft in das Tal ab, hinter dem ein Steinwall mit krönenden Dornenbüschen das

Tal über die gesamte Breite abriegelt. Dahinter stehen kreisförmig sechs weiße Hütten in einem Tal, dessen Hänge senkrecht abfallen, nur unterbrochen von einer schmalen Schlucht auf der gegenüberliegenden Seite, versperrt von hohen Dornenbüschen.

»Seht nur«, sagt Häuptling Omab, deutet auf die Herde von nahezu fünfhundert Weißen Ku. Die grasen friedlich verteilt über das runde Tal. Im Licht von Mutter Sonne glänzen ihre strahlend weißen Felle in einem hellen Schimmer.

»Die heiligen Weißen Ku der Kanis und wir, die Kumesch, sind ihre Hüter und Wächter. Stetig schickt Jabijarie uns die Ku, sie sichern die Versorgung der Kanis. Dafür verehren wir die Ku und beschützen die seltenen Weißen, auf dass sie sich vermehren.« Häuptling Omab hält kurz inne.

»Ihre Geschichte ist viel älter als die unsere. Wir, die Kumesch, sind ihnen gefolgt.« Die Worte von Häuptling Omab dringen gedämpft zu Kamil, ihre Aufmerksamkeit richtet sich auf die herrlich weißen Tiere. Sie sah auf den Großen Vollmondfesten bisher einzelne nur aus der Ferne. Noch nie eine solche Anzahl ungestört von allen Einflüssen. Es sind heilige Tiere, und für Frauen ist es verboten, das Tal zu betreten. Die Frauen meiden das Tal, aber zusammen mit Häuptling Omab ist ihr zumindest der Blick auf die Herde der Weißen Ku erlaubt.

»Da«, ruft Hagam, steht neben Arrom, auf drei Wächter der Kumesch deutend. Einer von ihnen trägt ein kleines weißes Ku-Kalb, das sich unter verzweifelten Zuckungen aus dem Klammergriff des Wächters befreien möchte. Noch fehlen ihm die Waffen und die Kraft. Das Mittelhorn auf dem Nasenrücken ist noch nicht im Wachstum und die kleineren Hörner hinter den Augen sind zwei mit Fell bedeckte Buckel.

»Bringt es zu mir«, ruft Häuptling Omab hinunter. Die Wächter schauen zu ihm hinauf, folgen seinem Winken den steinigen Hang hinauf.

»Die Zeit der Geburten hat im Tal der Ku begonnen, und auch ein Weißes Ku wurde geboren«, sagt Häuptling Omab, während die drei kräftigen Wächter sich den Hang hinauf nähern. Das Ku-Kalb verharrt still im Griff eines Wächters. Arrom trägt Hagam auf seinem Arm, seine Hand streicht sofort über das weiche Fell am Rücken. Hagam jauchzt, Kamil berührt vorsichtig den Kopf oberhalb der dunklen Augen. Fasziniert schaut Kamil in die tiefschwarzen Augen, mit langen Wimpern an den Augenlidern, umrahmt von einem schimmernd weißen Fell. Ihre Hand streicht über die Wimpern, die runden dunklen Augen schließen sich, treten kurz darauf erneut als tiefes Dunkel hervor. Kamils Hand gleitet weiter über den ebenen Nasenrücken zu den Nüstern. Das Weiße Ku zuckt, Kamil zieht erschrocken ihre Hände zurück. Sabum erwacht, sofort ertönt seine quengelnde Stimme. Kamil nimmt den noch halb schlafenden Sabum aus dem Tragefell auf ihre Arme und zeigt Sabum das kleine Weiße Ku. Sabum verzieht sein Gesicht und wendet sich ab.

»Sie sind wie Brüder, als weiße Geschöpfe geboren von dunklen Eltern«, sagt Omab, worauf Arrom und Kamil ihn irritiert anschauen. Sabums Augen sind geschlossen, er lässt sich von dem Vergleich nicht stören. Anders sein Bruder Hagam, der fasst übermütig in das weiße Fell und zieht daran. Das war zu viel, Widerstand erwacht, der Kopf des Weißen Ku-Kalbes zuckt und der ganze Körper windet sich. Arrom zieht Hagam zurück, Kamil weicht einen Schritt. Der Wächter festigt seinen zuvor gelockerten Griff, Häuptling Omab nickt ihm zu. Die Wächter wenden sich ab, tragen das Weiße Ku-Kalb den Hang hinunter.

»Wer kümmert sich um das Kleine?«, fragt Kamil.

»Wir benennen für das kleine Weiße Ku einen Paten, der es dann mit der Milch anderer Muttertiere aufzieht. Ich denke, wir ernennen meine älteste Tochter Liaba dazu.«

Gemeinsam wenden sie sich vom Tal der Weißen Ku ab, folgen dem gleichen Weg zurück, mit einem endgültig erwachten kleinen Sabum.

In Kantis führt Häuptling Omab seine Gäste in die Mitte der weißen Kumesch-Hütten, dort wo an einem runden Platz die große Häuptlings-Hütte steht. Arrom und Kamil folgen Omab mit ihren Kindern durch einen halbrunden und fünf Schritte langen tunnelförmigen Zugang. Er führt sie in die große Häuptlings-Hütte, sie bleiben hinter dem Zugang stehen, betrachten das große Rund. Vor ihnen beschreiben mehrere Holzpfähle einen weiten Ring, sie tragen zusätzlich zum mittleren Holzpfosten das weite Dach. Zwischen den Pfählen läuft der kleine Hagam in schnellen Schritten und folgt dem Häuptling. Seitlich zwischen dem Ring der Holzpfähle und der Lehmwand brennen zwei gegenüberliegende Feuerstellen, erhellen zusätzlich zu den Schlitzen in der Lehmwand die Häuptlings-Hütte.

»Kommt, setzt euch zu mir.« Omab deutet auf das vorbereitete Lager neben halbrunden Kürbisgefäßen, die auf großen grünen Blättern zu seinen Füßen stehen. Hagam betrachtet sie und greift nach der nächsten Schale. Arrom und Kamil treten hinter den Mittelpfahl, wo sich das längliche Lager ausbreitet, und setzen sich zu Häuptling Omab auf den Boden.

»Wir haben ein kleines Mahl vorbereitet und wir bleiben nicht allein. Es hat sich noch ...«

Häuptling Omab bricht seinen Satz ab, der hellhäutige Schamane Melech betritt in diesem Augenblick die Häuptlings-Hütte. Er ist jedem in Kantis bekannt und im Reich Mabel haben viele von ihm gehört. Sein Wuchs ist der eines Kindes, er reicht Arrom nur bis zur Hüfte, kleiner als ein erwachsener Chem. Sein großer runder Kopf sitzt halslos auf einem kräftigen Oberkörper, mit viel zu kurz geratenen Beinen und Armen. Nicht viel älter als Arrom ist er ehrgeizig seit seiner Kindheit. Vor zwanzig Monden erfolgte seine Berufung in den Schamanenrat, als bisher jüngster und von allen geachtet. Geboren als Kumesch wuchs er aufgrund seines geringen Wuchses bei den Chem auf, akzeptierte das nie, was ihn grämte und gleichzeitig antrieb. Er wandte sich im Kindesalter den Schamanen zu, lernte schnell. Gerade mal erwachsen, folgte die Weihe zum Schamanen. Gekleidet ist er wie alle Schamanen, seine rechte Faust hält seinen ihn überragenden Schamanenstab, von der gleichen Größe wie die Stäbe der anderen Schamanen. Mit einem Lächeln, das seinen ohnehin breiten und leicht schiefen Mund noch breiter erscheinen lässt, geht er mit dem dumpfen Aufstoßen seines Schamanenstabes auf Omab zu, der ihm drei Schritte entgegentritt.

»Ich grüße dich, Omab, Häuptling der Kumesch«, sagt Melech mit seiner hellen, fast kindlichen Stimme. Häuptling Omab sieht in ein kahlköpfiges Gesicht, mit seit seiner Geburt verzerrten linken Gesichtszügen, hervorgerufen durch ein schwergliedriges Auge, und einen schiefen Mund. Wie allen Schamanen umschließt ein doppelreihiger und fast geschlossener Kreis aus dichten punktförmigen und dunklen Narbenwülsten das rechte Auge.

»Sei mir Willkommen, Melech, Mitglied des Schamanenrates.« Sie reichen sich für einen Augenblick die Hände. Arrom erhob sich ebenfalls, Melech mustert ihn nur mit einem flüchtigen Interesse, geht direkt auf die hockende Kamil zu.

»Und dort haben wir den kleinen Kumesch, geboren von Heth, eine Seltenheit in unseren Tagen.« Er zieht seine buschige rechte schwarze Augenbraue nach oben. Instinktiv wendet sich Kamil ab, die Hand von Melech fasst mit festem Griff an ihren Unterarm, ein Griff, dem Kamil nachgibt.

»Schau, Schau.« Augenblicklich fängt der kleine Sabum an zu weinen und zu schreien. Melech starrt auf die sich bewegenden Gliedmaßen des Kindes.

»Er scheint natürlichen Wuchses«, sagt Melech krächzend und setzt sich neben Kamil auf den Boden.

»Oschne, wir können mit dem Mahl beginnen«, ruft Häuptling Omab. Gegenüber vom Zugang tritt Oschne durch einen kleineren Eingang, führt in die kleinere Hütte von Omabs Familie.

»Seid meine Gäste, Arrom, Kamil und Melech«, sagt Oschne. Ein weißes Ledergewand bedeckt ihren Körper von der Schulter bis zu den Knien. Ihr folgen drei junge weiße Mädchen, sie tragen Kalebassen und mit Früchten gefüllte Schalen.

»Meine drei Töchter, Liaba die Älteste, Alela und Rahel die Jüngste«, sagt Omab und deutet auf seine drei Töchter mit ihren glatten, fast weißen Haaren. Verschüchtert schauen drei Paar hellrote, leuchtende Augen ihrem Vater entgegen. Schnell werden die Augen von Liaba, deren Körper gerade beginnt, sich zu dem einer Frau zu entwickeln, wieder ernst, betont von buschig hellen Augenbrauen und leicht hängenden Mundwinkeln. Alela ist die Hübscheste der drei Töchter, ihre Augen strahlen mit einem Seitenblick auf Hagam ihre gewohnte Sanftheit aus. Ihr kleiner rot leuchtender Mund lächelt unter ihrer auffällig schmalen Nase. Die Jüngste, Rahel, senkt, ihre schmalen leicht gequollen wirkende Augen. Unwillkürlich folgt ihr Blick ihren etwas hängenden Wangen. Sie erweckt den Anschein der Kleinsten, die nie genug von allem kriegt, im Gegensatz zu ihren Schwestern ist ihre Haut nicht makellos weiß. Ein schwarzer Fleck, von der Größe einer Fingerkuppe befindet sich unter ihrem linken Auge. Der ist nicht der einzige schwarze Fleck, ein dreimal so großer, der wie zerplatzt wirkt, liegt an der oberen rechten Seite der Stirn.

»Last uns essen. Arrom und Kamil, ich hoffe, ihr fühlt euch wohl … auch du Melech« sagt Oschne. Hinter Kamil stehend, gibt Melech zu verstehen, ihr Platz befindet sich neben Kamil. Widerwillig rutscht Melech zur Seite.

»Möchtest du nicht an meiner Seite sitzen?«, fragt Omab erstaunt.

»Du weißt doch, wie ich bin, ein Baby erweckt meine Neugier.« Zärtlich streicht Oschne mit ihrem Finger über das Gesicht von Sabum und führt den in dessen Mund.

»Gut, dann sollten wir beginnen«, sagt Omab. Seine Töchter reichen Kalebassen mit Wasser und mit Früchten gefüllte Holzschalen. Die drei Töchter tragen weitere Speisen aus der anliegenden Hütte, breiten die auf dem Lager aus. Omab unterhält sich mit Arrom angeregt, Kamil und Oschne füttern gemeinsam Sabum und Hagam. Nach einer kurzen Zeit halten die weißen Arme von Oschne den weißen Körper von Sabum. Langsam räumen die drei Schwestern die Speisen weg, nachdem selbst Melech die weitere Nahrungsaufnahme ablehnt. Liaba bringt ihrer Mutter eine Kalebasse und gemahlenen Ocker in einer Schale. Mit ihrer freien Hand hält Oschne die Kalebasse an den Hals und versetzt ihr Handgelenk mit der Kalebasse in kreisende Bewegungen.

»Die Kalebasse ist mit Milch der Weißen Ku gefüllt«, sagt sie.

»Du musst sie immer schütteln, damit sie fest wird und anschließend vermischst du sie mit dem roten Ocker. So kannst du die Paste von unserem ersten Treffen selbst herstellen. Reibe die Haut von Sabum gut damit ein. Manchmal benutze ich sie auch noch, wenn Mutter Sonne meine Haut rötet.« Kamil lauscht Oschnes Worten.

Hagam, der Aufmerksamkeit der beiden Frauen beraubt, steht auf, nähert sich Melech. Hagam macht einen Bogen, nähert sich vorsichtig Melech von der freien Seite, an der sein Schamanenstab liegt. Er hat einen ähnlichen Stab schon einmal gesehen, möchte ihn neugierig begutachten. Hagam starrt Melech an, dessen Interesse gilt den drei Schwestern. Die ziehen sich hinter die Lederhaut in die kleinere Hütte zurück. Hagam mit Blick auf Melech, greift nach dem Schamanenstab, hebt ihn an. Mit einer schnellen Handbewegung drückt Melech seinen Schamanenstab zu Boden und entreißt ihn Hagam. Ein wütender Blick trifft Hagam. Niemand darf seinen Stab berühren und schon gar nicht damit spielen. Melech arbeitete, seit er denken kann, auf diesen Schamanenstab hin. Mit der Berufung in den Schamanenrat wollte man ihm einen seiner Größe angepassten Stab überreichen, doch bestand Melech auf einem Schamanenstab wie alle anderen. Hagam macht drei Schritte rückwärts, entfernt sich in einem weiten Bogen, sucht den Rücken seiner Mutter. Hagam nähert sich seinem Vater. Vertieft im Gespräch mit Omab, beachtet Arrom ihn nicht sonderlich. Nach weiteren Schritten schaut Hagam an der Lederhaut vorbei in die kleinere Hütte. Er sieht drei ihn anlächelnde Gesichter, Hagam folgt der gewunkenen Einladung von Liaba und setzt sich zu den drei Mädchen. Melech bleibt stumm sitzen, leicht schläfrig mit seiner Verdauung beschäftigt. Er steht dennoch plötzlich auf.

»Ich habe noch Wichtiges zu tun«, sagt er und verlässt mit schnellen Schritten die Häuptlings-Hütte.

Die Verbliebenen sitzen lange beieinander. Mutter Sonne verschwindet hinterm Horizont, als Arrom und Kamil sich mit ihren schlafenden Kindern auf den Armen verabschieden.

ZWEITES BUCH

CHAPITRE 1

Ein Großes Vollmondfest

Obwohl das rotgelbe Licht von Mutter Sonne gerade erst den Horizont erhellt, herrscht in Kantis für diese Zeit ungewohnte Betriebsamkeit. Kanis aller Hautfarben und Alters gehen ihren Beschäftigungen nach oder bewegen sich zwischen den Hütten. Auf Wegen, wo sich aufsteigender grauer Rauch mit blauem Dunst vermischt, verbreiten sich die verschiedensten Gerüche. Als vor über drei Monden die Herde der Ku gefangen worden war, beschloss der Schamanenrat den Zeitpunkt des Großen Vollmondfestes: Boten brachen zu allen Siedlungen im Reich Mabel auf. Sie überbrachten Schnüre mit drei Knoten, jeder Knoten stand für einen vollen Vater Mond. An diesem Abend öffnen die Kanis mit dem Beginn des Großen Vollmondfestes den dritten Knoten.

Seit Tagen strömen unzählige Besucher in die Stadt Kantis, überziehen die umliegenden Täler und das Hochplateau mit einem dichten Netz aus kleinen kuppelförmigen Hütten. Zuvor belegten die ersten Besucher die großen Plätze in Kantis, besetzten jede kleine Nische mit einer Kuppelhütte, das macht ein Durchkommen zwischen den Hütten fast nicht möglich. Diese einfachen Behausungen bestehen aus einem Grundgestell von Ruten im Boden mit darin verflochtenen Zweigen, über die Felle spannen.

Seit dem Verkünden des Großen Vollmondfestes laufen die Vorbereitungen, für deren Organisation, seit vielen Generationen die Kumesch verantwortlich sind. Wie bereits seit Tagen brauen an diesem Morgen die Frauen aller Kasten das hellrot gefärbte Hirsebier. Die Dunstschwaden mit dem strengen Geruch verbreiten sich durch Kantis, niemand kann sich dem entziehen.

Gäste aus dem Reich Mabel bringen ihre Gaben mit, darunter getrocknete Fische aus der Salzwasserstadt Ma, der zweitgrößten Stadt im Reich Mabel. Salz aus den Salzseen in den Bergen oder die Früchte der Wald-Chem. Die, leben in dem dichten Wald an der Grenze des Reiches Mabel.

»Du, meine Tochter, bist groß und schön geworden.« Hume, sitzt hinter Erebe auf einem Baumstumpf, rasiert mit einem kleinen scharfen Quarzsplitter Erebes Schädel. Von klein an bis zum Zeitpunkt ihrer Zusammenführung tragen die Mädchen der Heth und Chem ihre Haare kurz rasiert. Sobald ihre Periode regelmäßig einsetzt und ihre Brüste eine Rundung aufweisen, folgt beim nächsten Großen Vollmondfest die

Zusammenführung mit einem Krieger. Den genauen Zeitpunkt für das große Vollmondfest legt der Schamanenrat nach jeder vierten Ku-Treibjagd fest.

»Erebe, bist du bereit?«

»Ja, ich bin bereit.«

»Hast du Angst, mit deinem Gefährten zusammen zu sein?«,

»Nein.« Erebe lacht, »Ich habe keine Angst, ich freue mich.«

»Das ist gut so.«

»Wie wird er sein?«, fragt Erebe.

»Ein großer Krieger. Deiner würdig, vertraue auf die Schamanen. Sie wissen, wer der Richtige für dich ist. So wie dein Vater auch der Richtige für mich war.«

Erebe verstummt, hört und fühlt das Schaben auf ihrem Kopf. Seit ihrer Kindheit ist es ihr vertraut, jetzt rasiert ihre Mutter ihr die Haare zum letzten Mal. In den nächsten Tagen verändert sich alles für sie. Dann lässt sie ihre Haare nach der Zusammenführung lang wachsen, zwirbelt sie wie alle Gefährtinnen der Heth in den folgenden Monden zu Zöpfen.

In der Mitte des Tages erstickt die Hitze die Aktivitäten in und um Kantis. Erst mit länger werdenden Schatten und der abklingenden Hitze erwacht Kantis zu neuem

Leben. Zuerst streben jene für die Zusammenführung auserwählten Kanis der drei Kasten in ein benachbartes großes, Ovales Tal. Das bietet mit seinen schrägen Hängen für alle Kanis Platz mit einem freien Blick. Das Terrain des Ovalen Tals besteht aus einem ebenen Boden, wo sich in Gruppen, die für die Zusammenführung ausgewählten Männer und Frauen der Heth, Chem und Kumesch treffen.

Erebe ist unter ihnen, hält wie alle auserwählten Frauen mit einer Hand eine ovale und nach innen gewölbte Gesichtsmaske aus Hartholz vor ihr Gesicht. Dies traditionelle Geschenk der Mutter an die Tochter, ließ Hume bei den Chem für Erebe anfertigen. Eine jede auserwählte junge Frau erhält eine solche Gesichtsmaske: ihr Begleiter für ihr ganzes Leben. Sie stellt ihre Verbindung zu den Geistern und Ahnen dar, soll ihrer Trägerin Fruchtbarkeit schenken.

Die jungen Frauen stehen in Gruppen dicht beieinander, jede hält ihre Maske vor ihr Gesicht. Erebe schaut durch die schmalen Sehschlitze, eingearbeitet in der Mitte der großen rund hervortretenden Augen und mit weißer Farbe breit umrandet. Darüber sind die Augenbrauen in einem weiten Bogen durch dicht aufeinanderfolgende, kurze, senkrechte Schnitte dargestellt, sie heben sich mit weißer Farbe gefüllt vom dunkeln Holz ab. Der schmale, hervorstehende Nasenrücken beginnt bei den aufeinandertreffenden Augenbrauen und endet mit einem schmalen Nasenflügel. Darunter die hervorstehenden Lippen mit einem Schlitz in der Mitte, danach schließt die Gesichtsmaske mit einem spitz zulaufenden Kinn ab. Oberhalb der halbrunden Ohren sind kurze Zöpfe aus geflochtenen Fasern in den Rand der Gesichtsmaske als Haare eingebunden. So sehr sich die Masken in ihrem Äußeren ähneln, gleicht keine einer anderen. Jede ist unterschiedlich, geprägt von dem Geburtsort ihrer Trägerin, der Familie und der Mutter.

Die Fasern bewegen sich, Erebe richtet ihre Blicke auf die jungen Krieger der Heth. Die Krieger stehen, stolz ihre Speere tragend, nicht weit von ihr entfernt. Sie stehen in kreisförmigen Gruppen dicht beisammen, ihre mit Pflanzenöl eingeriebenen Körper glänzen im Licht von Mutter Sonne. Die Krieger singen und wiegen sanft ihre Körper. Springen synchron und rhythmisch in ihrem Hüpftanz. Sie versuchen, sich gegenseitig an Höhe zu übertreffen, Mutter Sonne zum Gefallen, damit sie ihr näher sind. Ihr eigentliches Interesse gilt den jungen Frauen mit den Masken, sie richten ihre flüchtigen Blicke auf sie.

Die jungen Frauen stehen flüsternd und lachend in Gruppen dicht beieinander. Beobachten die Krieger mit hin- und herschwingender Haarpracht. Erebe beobachtet durch die Augenschlitze einen jungen Krieger, das Schlagen ihres Herzes steigert sich. Mit seinen breiten Schultern und den schmalen Hüften ähnelt er in der Körperstatur Arrom. Er steht in einer Gruppe ihr unbekannter Krieger, Erebe erkennt Muscheln an den Speerspitzen einiger Krieger, die es nur im Großen Salzwasser gibt. Die Krieger stammen aus der Salzwasserstadt Ma und Umgebung. Unvermittelt treffen sich ihre Blicke, beide verharren. Ihre Blicke verschmelzen, unwillkürlich sinkt Erebes Hand mit der Gesichtsmaske nach unten, entblößt ihr Gesicht, ein Lächeln lässt ihre Zähne blitzen.

Plötzlich zucken ihre Mundwinkel, ein Schmerz an ihrem Unterarm, sofort verdeckt sie ihr Gesicht mit der Maske. Ein Schamane hat nach ihr geschlagen, mit einer langen Rute. Viele Aufpasser stehen zwischen den Reihen, sie achten darauf, dass die Gruppen sich nicht nähern. Der Schamane stellt sich in ihr Blickfeld, nähert sich mit seiner Schamanenrassel und einer Rute den Kriegern aus der Salzwasserstadt Ma, worauf die zurückweichen.

Vom Rand des Ovals, wo die Schatten der sinkenden Mutter Sonne sich ausbreiten, erklingen Trommeln. Derweil sind die Hänge des Ovalen Tals mit Kanis gefüllt. Die Heth, die Chem und die Kumesch, jene aus Kantis und die von weither angereisten Gäste, schauen gemeinsam auf den Grund des Ovalen Tals. Dort, wo die Auserwählten nach Geschlechtern getrennt an den Rändern der gegenüberliegenden Seiten verharren.

Amcha, der Oberste Schamane, betritt das Oval, schreitet in die freie Mitte. Er hält in gewohnter Weise seinen Schamanenstab zwischen dem nach unten zeigenden Daumen und seiner Handinnenfläche. Langsam im Kreis drehend, betrachtet Amcha die mit Kanis gefüllten Hänge des Tals. Eine Mischung aus schwarzen, braunen und weißen Hautfarben. Jubel ertönt für Augenblicke, Amcha hebt seinen Schamanenstab in den Himmel, der Jubel und die Trommeln verstummen.

»Zuerst gab es nur den Schöpfer Jabijarie«, Amcha spricht laut. »Er schuf den Raum, füllte diesen mit Mutter Sonne.« Amcha deutet mit seinem Schamanenstab an den Rand des Ovals, wo Oschne hervortritt. Sie trägt vor ihrem Gesicht eine in weiß bemalte Maske, die sie zu ihrer Zusammenführung erhielt. Ein Gewand aus dem glänzenden weißen Fell eines Ku bedeckt ihren Körper. Langsam schreitet Oschne in die Mitte des Ovals. Beschreibt mit ihren Armen einen Kreis, führt ihre geschlossenen Hände in der Mitte ihres Körpers von unten nach oben, beginnt erneut mit dem Kreis. Wiederholt diese Bewegung ihrer Arme ständig, bis sie neben Amcha steht.

»Jabijarie sprach zu Mutter Sonne: Leuchte immer hell und gib Wärme!«, fährt Amcha mit lauter Stimme fort, »damit deine Kraft niemals nachlasse, erhole dich in der Nacht und erscheine jeden Tag aufs Neue. Dann erschuf Jabijarie Vater Mond.«

Erneut deutet Amcha mit seinem Schamanenstab auf den Rand des Ovals, wo Leamis aus der Menge hervortritt.

Seinen nackten Körper bedeckt eine Schicht aus weißem getrocknetem Lehm. Die Knie seiner angewinkelten Beine zeigen nach außen, er nähert sich stampfend Amcha. Die angewinkelten Ellenbogen bewegen sich auf und ab, der Kopf schaut hektisch von einer zur anderen Seite.

»Du bist der Beschützer, wache in dunkler Nacht über uns und gib unseren Gefährtinnen Fruchtbarkeit«, Amcha richtet seine Stimme zu den Hängen des Ovals.

Mittlerweile steht Leamis neben ihm und Oschne. »Dann«, fährt Amcha fort, »schuf Jabijarie ein Nest für Mutter Sonne und Vater Mond, füllte dies mit Bergen, Tälern und Ebenen.«

Amcha richtet beide Arme schräg nach oben, dreht sich um die eigene Achse. »Danach gab der Schöpfer Jabijarie Wasser in das Nest, worauf die Täler sich rasch füllten, küsste das Wasser und gab ihm Leben, den Ursprung allen Lebens.«

Mittlerweile stehen bei Amcha drei schwangere Gefährtinnen mit weit gewölbten Bäuchen. Jeweils eine Heth, eine Chem und eine Kumesch tragen gemeinsam eine große, mit dem heiligen Wasser gefüllte Holzschale. Amcha greift in die Holzschale, schüttelt mit seinen Fingern Wasser über die drei Gefährtinnen.

»Aus dem Wasser entstand das alte Geschlecht, und Jabijarie sah seine Schöpfung, küsste erneut das Wasser und gab ihm damit Seelen. Diese Seelen wanderten zu dem alten Geschlecht.«

Jetzt stehen sechs männliche Kanis, jeweils zwei Heth, Chem und Kumesch in der Mitte des Ovals an Amchas Seite. Amcha bespritzt sie ebenfalls mit dem heiligen Wasser.

»Der Schöpfer Jabijarie beobachtete seine Schöpfung, und es war die Zeit, in der das alte Geschlecht mit Jabijarie vereint und glücklich war. Nach einer langen Zeit des Friedens strebte das alte Geschlecht nach Ungehorsam und Jabijarie ermahnte das alte Geschlecht. Denn diese verhöhnten ihn und wurden selbstsüchtig, sie beschmutzten das Nest.«

Amcha fasst seinen Schamanenstab mit beiden Händen an den Enden, hebt ihn über seinen Kopf. Seine Stimme verfinstert sich, schwillt an.

»Das erzürnte den Schöpfer Jabijarie, und er begann, über das Land zu blasen.«

Ein Raunen der Kanis erfasst die Hänge.

»Er spürte mit seinem kraftvollen Atem das alte Geschlecht auf. Unsere Vorfahren rannten davon, versuchten sich zu verstecken, doch er spürte sie auf und verwandelte einen nach dem anderen des alten Geschlechts in Tiere.«

Amcha zeigt mit seinem Schamanenstab drohend auf die sechs Männer, sie bewegen sich hektisch, einen Lauf andeutend.

»So wurden alle Geschöpfe erschaffen. Die Tiere des Waldes und die Tiere der Savanne, die Jagdtiere und deren Beutetiere. Und somit besitzen alle Tiere die Seelen der Kanis.«

Während Amcha dies sagt, hockt sich einer der Chem mit Knie und Ellenbogen auf den Boden, der andere legt sich ausgestreckt auf seinen Rücken. Stellt mit seinen Armen das Maul eines Krokodils dar und seine geschlossenen Beine den wedelnden Schwanz. Die beiden Heth verschmelzen zu einer Giraffe, mit dem Arm nach oben gereckt, stellt der Erste Kopf und Maul dar. Der Hintere umfasst die Hüfte des Vorderen, stellt mit gebeugtem Körper Rumpf und Hinterläufe der Giraffe dar. Bei den Kumesch ähnelt sich der Aufbau, der Vordere schwenkt seinen Oberkörper von einer zur anderen Seite. Hält die Daumen an die Stirn und die kleinen, von der Faust abgespreizten Finger stellen die Hörner eines Wasserbüffels dar.

»Bevor der Schöpfer Jabijarie alle wandelte, nahm ein mächtiger Schamane des alten Geschlechts Kontakt zu Jabijarie auf. Besänftigte ihn, sodass er aufhörte.«

Amcha, stellt sich schützend vor die drei Frauen. »Doch zuletzt teilte Jabijarie das alte Geschlecht, er schuf die Arbel und die Kanis, dass sie sich das Nest teilten.«

Abermals deutet Amcha auf den Rand des Ovals. Von dort treten vier Krieger in das Oval, zwischen ihnen torkeln zwei schwarzhäutige Arbel. Ein Raunen erfasst das Oval, erstirbt in einer Stille, unterbrochen von dem Weinen einiger Kinder. Die spüren die Angst, eine Angst, die seit Anbeginn das Handeln und den Glauben der Kanis bestimmt. Seit jeher führten die Kanis mit den Arbel Auseinandersetzungen über Jagdgebiete, Wasserstellen, Nahrung und das Wild. Auseinandersetzungen, in deren Verlauf umherziehende Arbel in kleinen Dorfgemeinschaften der Kanis eine leichte Beute fanden. Wie die beiden Arbel, die vor vier Monden mit ihrem Clan ein Dorf überfielen und alle Kanis töteten. Dabei blieben jene nicht unentdeckt, fünf Horden Krieger aus den umliegenden Dörfern übten nach zwei Monden blutige Rache. Sie ließen diese beiden männlichen Arbel am Leben. Die beiden nackten Gestalten verbinden zwei an den Stielen zusammen gebundene Astgabeln, schlingen sich mit kräftigen Sehnen um ihre Hälse. Hintereinander, mit auf dem Rücken gebundenen Händen, nähern die Arbel sich widerwillig der Mitte des Ovals. Sie überragen mit ihrer gedrungenen und kräftigen Statue die Chem um einen Kopf. Ihre wilden Augen stieren unter hervorstehenden Augenwülsten aggressiv um sich, aus einem affenähnlichen Gesicht mit flacher, breiter Stirn und fellähnlichen schwarzen Haaren. Ein breiter Abstand klafft zwischen den flachen Nasen und den weit geöffneten Mündern. Aus denen ertönt wildes Fauchen, gepaart mit Knurren. Sie fletschen ihre Zähne, Speichel tropft von den bedrohlichen Eckzähnen. Die Krieger treiben mit Speerschlägen die wilden Gestalten an, sie nähern sich zögerlich Amcha.

»Der Schöpfer Jabijarie gab ihnen Regeln, damit sie diese einhalten und das Nest beschützen. Doch die Arbel hielten sich nicht an die Regeln, wurden zu den Zerstörern des Nestes. Töteten alles, auch ohne Hunger, verbrannten das Nest und hinterließen nur den Tod«, sagt Amcha und, deutet drohend mit seinem Schamanenstab auf die vor ihm fauchenden Arbel. Mit ihren Speeren stoßen die Krieger in die Oberschenkel der Arbel. Ein schmerzliches Aufstöhnen, die Arbel sinken zu Boden.

»Als der Schöpfer Jabijarie dies erkannte, machte er die Kanis zu den Hütern des Nestes und verfluchte die Arbel. Auf dass deren Seelen nie zur Vollkommenheit gelangen und auf ewig wandern. Wir, die Kanis, sind die Hüter des Nestes und die Arbel die Zerstörer.«

Die Kanis jubeln, Amcha stößt mit seinem Schamanenstab auf den Boden. Die Krieger stoßen ihre Speere in die Seiten der Arbel. Schmerzensschreie durchdringen das Oval, steigern den Jubel der Kanis. Die Krieger ziehen ihre blutigen Speere aus den am Boden kauernden Arbel, ihre schmerzerfüllten Töne verstummen im Jubel der Kanis. Blut fließt unter den Zuckungen ihrer Körper in den Sand, ihre Töne verstummen und ihr Körper erstarrt.

Amcha hebt seine Arme in den Himmel, erneut verstummen die Kanis. »Wir, die Kanis, vollendeten die Schöpfung von Jabijarie. Wir schufen aus den Kanis die

Heth und die Chem. Und als wir zu Ehren Jabijaries die Weißen Ku erschufen, erschufen wir mit Jabijaries Willen auch die Kumesch.«

Abermals ertönt Jubel, zwei Wächter führen ein junges weißes Ku in das Oval. Sein Fell glänzt in den letzten Strahlen von Mutter Sonne. Die beiden Wächter führen das ängstlich blickende Tier am Rand des Ovals entlang.

Derweilen begeben sich junge Schamanen zu Amcha, bereiten sich vor, zu seinen Füßen das heilige Feuer zu entzünden. Sie reiben zwischen ihren Händen einen Holzstab. Legen die entstandene glimmende Asche auf ein Stück trockene Rinde, stellen darüber dünne Äste mit Holzmehl. Die jungen Schamanen entzünden unter Pusten eine erste Flamme, eine Flamme, die zum heiligen Feuer wächst. Das heilige Feuer brennt für die Dauer des Großen Vollmondfestes, es ist die Zündquelle für alle weiteren Feuerstellen in und um Kantis.

Die Schamanen entzünden eine Fackel, reichen sie an Amcha. Langsam nähert sich Amcha unter dem Jubel der Kanis einem nahen, elefantenhohen Holzhaufen. Davor verharrend fällt sein Blick auf Mutter Sonne, die hinter den nahen Bergen untergeht. Amcha hebt die Fackel und wartet. Langsam breitet sich der Schatten bis auf den letzten Rand des Tals aus und Amcha stößt die Fackel in den großen Holzhaufen. Flammen erfassen die dünnen Äste, rasch springt das Feuer auf die dicken Stämme über, unter Funkenflug leuchtet der gesamte Holzhaufen.

Trommeln ertönen, die Kanis strömen von den Hängen hinunter ins Oval. Jubel ertönt, gemischt mit tremolierenden Schreien, die Kanis singen. Sie entzünden Fackeln für ihre eigenen Feuerstellen.

Erebe strömt mit ihrer Gruppe junger Frauen in das Oval, die große Feuerstelle ist nicht ihr Ziel. Sie halten Blickkontakt zu den jungen Kriegern, stehen von denen wenige Schritte entfernt. Ein weiteres Annähern lassen die kontrollierenden Schamanen nicht zu. Ihnen entgeht nichts, sie setzen ihre Ruten ein, verhindern ein Verschmelzen der Gruppen. Dies alles geschieht unter dem hellen Licht von Vater Mond, der wandert in vollkommener Rundung über den dunklen Himmel.

CHAPITRE 2

Das Weiße Ku-Opfer

Ein neuer Morgen beginnt, Mutter Sonne steht dicht über dem Horizont, von den Hängen fällt der Schatten weit ins Oval. Durch diesen Schatten schreiten vierundzwanzig in weiße Felle gekleidete Schamanen, führen in ihrer Mitte einen Weißen Ku-Bock, durch Kräuter leicht betäubt. Allen voraus führt Melech mit seinem ihn überragenden Schamanenstab die Gruppe aus den Schatten und weiter in die Mitte des Ovals. Dorthin, wo tags zuvor Amcha stand und jetzt eine mit Hirsebier gefüllte Holzschale auf dem Boden steht. Umgeben von dem zu drei Vierteln gefüllten Hängen, stoppt Melech die Schamanen bei der Holzschale. Dicht gedrängt stehen die Schamanen beim Weißen Ku-Bock, dessen Maul über die gefüllte Holzschale hinausragt. Dieser blökt, wehrt sich gegen die Hände der sechs Schamanen, die an Hals und Hörnern zerren. Die zuvor durch Kräuter vernebelten Sinne geben nach, Maul und Nüstern tauchen in das Hirsebier. Ein sich sträubendes Aufschnaufen, ihm bleibt keine andere Wahl und trinkt das Hirsebier.

Erst nachdem die Schale geleert ist, lassen die Schamanen das Anheben des Kopfes zu. Die Holzschale erneut mit Hirsebier gefüllt, zerren die Schamanen abermals Maul und Nüstern des sich sträubenden Ku in das Hirsebier hinein. Dies wiederholt sich, bis dieser auf seinen Läufen wankt.

Mittlerweile verdrängt Mutter Sonne die Schatten der Hänge fast vollständig. Ein Raunen strömt durch die gefüllten Hänge, der Weiße Ku-Bock sackt in die Vorderläufe ein, richtet sich unsicher auf. Die Schamanen beginnen, sanft und bestimmend den Bock auf die Seite zu legen. Widerwillig strampeln die Läufe, mit Schlingen fixieren die Schamanen die Hufe und drücken mit einem Baumstamm den Hals zu Boden, der Widerstand erlahmt. Amcha findet sich ein, sein Blick fällt auf die Hände von Melech und vier weiterer Mitglieder des Schamanenrates, sie verschließen wiederholt Maul und Nüstern nach kurzen Augenblicken des Schnaufens. Die Zeiträume, in denen der Weiße Ku-Bock keine Luft atmet, verlängern sich und genauso verkürzen sich die Zeiträume des Luftholens.

Als Mutter Sonne den Schatten aus dem Ovalen Tal verdrängt, weicht das Leben aus dem Körper des Weißen Ku. Melech lässt von den Nüstern ab, steht auf, entfernt sich wenige Schritte. Wendet mit geschlossenen Augen sein Gesicht Mutter Sonne zu, streckt ihr seine Arme entgegen.

»Mutter Sonne, nimm unsere Opfer des heiligen Weißen Ku an und segne die Auserwählten.«

Melech wendet sich ab, nähert sich den gewölbten Wanst. Er schneidet mit einem scharfen Feuerstein die Bauchdecke auf, zieht das weiße Fell ein Stück ab. Blut sammelt sich zwischen dem weißen Fleisch und dem Fell.

Amcha bückt sich, trinkt zuerst von dem Blut des heiligen Weißen Ku-Bocks. Melech als Zweiter, es folgen die weiteren Mitglieder des Schamanenrates sowie die versammelten Schamanen aus dem gesamten Reich Mabel. Trommeln, begleiten einen jeden Schamanen, der vom Blut des Weißen Ku-Bocks trinkt. Unter den andauernden Trommelschlägen tragen die Schamanen den toten Körper an den Rand des Ovals, zum großen heiligen Feuer. Die Schamanen zerlegen das Tier, entzünden eine Feuerstelle und bereiten darauf das Fleisch zu, von dem im Laufe des Tages die Schamanen essen.

CHAPITRE 3

Aira, ein neuer Name für Erebe

Seit dem frühen Morgen stellen die Schamanen Gruppen von jeweils zwanzig jungen Frauen und derselben Zahl von Männern der Heth zusammen. Vor vielen Generationen begannen die Schamanen, die Paare auszuwählen, trennten die großen Kanis von den kleineren. Diese Tradition begann zu der Zeit, als die Kanis mit den Arbel um Beute, Früchte und Jagdgebiete in Streit gerieten und diesen in Kämpfen austrugen. Um sich gegen die Arbel zu behaupten, benötigten die Kanis große Krieger, somit entstanden aus den Kanis die Heth und die Chem. Die Schamanen achten bei der Zusammenführung darauf, dass große Heth heranwachsen, die Chem sich im Verhältnis der Heth nicht vergrößern und die Kumesch sich weiter vermehren. Die Kumesch entstanden erst viele Generationen nach den Heth und Chem, folgten dem Vorbild der Weißen Ku. Ein Wechsel zwischen den Kasten ist durch die Hautfarbe bei der Geburt möglich. Oder ein Heth wechselt aufgrund seiner geringen Körpergröße zu den Chem. An einen Wechsel von den Chem zu den Heth erinnert sich niemand. Die Zahl der für die Zusammenführung auserwählten Heth geht in die Tausende, entspricht fast der doppelten Anzahl der Chem und Kumesch zusammen. Dabei überragt die Zahl der Chem-Paare um ein vierfaches die der Kumesch-Paare. Noch nie wurden so viele Paare zusammengeführt und um dies in den nächsten drei Tagen zu bewältigen, führen zum ersten Mal drei Schamanen mit ihren Gehilfen die Zusammenführung parallel durch. Früher war es nur der Oberste Schamane, seit einigen Generationen ein weiteres Mitglied aus dem Schamanenrat und dieser ist erstmals Melech. Der mit diesem Großen Vollmondfest notwendige dritte Schamane, stammt aus Ma, der zweitgrößten Stadt im Reich Mabel. Der einflussreiche Schamane Karusan wurde aus dem dortigen Schamanenrat ernannt, ein hoch gewachsener Schamane, größer als Arrom. Er hat einen dünnen Körper, hervortretende Wangenknochen und ein spitz zulaufendes Kinn. Unter seiner dunklen Glatze starren zwei Augen tief aus dem Kopf hervor. Unter der schmalen Nase neigen sich seine Mundwinkel stetig ein wenig nach unten.

Obwohl sich zunächst nur die Gruppen der Heth an den Rändern des Ovals versammeln, herrscht ein ziemliches Durcheinander. Schamanen sind damit beschäftigt, einzelne Gruppen zusammenzuhalten und vom anderen Geschlecht zu trennen: Sie wahren gleichzeitig die Übersicht über die Reihenfolge.

Überall im Oval schlagen Trommeln, ihre verschiedenen Rhythmen verschmelzen zu einem, heizen die Stimmung an. Unter den Auserwählten herrscht ein Schubsen und Drängen, mitten unter ihnen Erebe.

Zwei Lederbänder halten ihre Gesichtsmaske an ihrem Kopf, sie beißt zusätzlich auf einen durch zwei Löcher gesteckt und seitlich aus der Gesichtsmaske herausragenden dünnen Stab. Durch die schmalen Sehschlitze verbleibt ihr ein enges Sichtfeld, sie ist stetig darum bemüht, in ihrer Gruppe zu verbleiben. Erebe weiß nicht, wo sich ihre Gruppe befindet und ob der heutige Tag der ihrer Zusammenführung ist.

Die anderen jungen Frauen sind ebenfalls festlich bemalt, mit Schilfrohren aufgetupfte weiße Ringe zieren ihren Oberkörper. Zwischen ihrer Brust hängt mit der Spitze nach unten eine kegelförmige, faustgroße Tritonshorn-Muschel. Dies ist das in sich gedrehte Gehäuse einer Schnecke, geborgen aus dem Großen Salzwasser. Zumeist ist die weiße Färbung mit dunkelbraunen Flecken aus Halbmonden verziert.

Erebe schmückt eine der seltenen, ausschließlich weißen Tritonshorn-Muschel mit bläulichem Schimmer. An einem dicken Lederband hängt es um ihren Hals, beide Enden durch das Tritonshorn gefädelt und mit einem dicken Knoten fixiert. Dies ist ein weiteres traditionelles Geschenk der Mutter an die Tochter, entspricht dem Wert eines erlegten Kudus. Das Tritonshorn gilt in seinen unterschiedlichen Größen und Färbungen im Reich Mabel als gültiges Tauschmittel.

Unvermittelt gerät die Gruppe von Erebe in Bewegung, grob weisen ihnen Schamanen den Weg, auf die Mitte des Ovals zu. Dorthin, wo die drei Schamanen Amcha, Melech und Karusan stehen. Die jungen Frauen stellen sich hintereinander auf. Erebe mittig unter ihnen, schaut auf den Rücken der vor ihr stehenden Heth. Sie erkennt nicht, welcher Schamane sie zusammenführt oder welche Krieger ihr zur Seite stehen. Es sind ihre Sprünge begleitenden rhythmisch kehligen Laute, welche die Nähe der Krieger verkünden. Erebe springt gemeinsam mit den jungen Frauen, im Rhythmus der jungen Krieger. Aus ihren Kehlen erklingen in einer höheren Tonlage die gleichen kehligen Laute. Der weiße Umhang eines Schamanen nähert sich, durch ihre Sehschlitze erkennt Erebe jenen Schamanen, der sie zusammenführt. Er schreitet an ihr vorbei, zwischen den Reihen runter und rauf. Erebe ist enttäuscht, nicht der vertraute Amcha greift ihre Hand für die Zusammenführung. Aber sie ist auch froh darüber, dass es nicht Melech ist, sie empfände dies als ein schlechtes Zeichen. Jetzt ist es der Schamane Karusan aus der Salzwasserstadt Ma, aus der der Krieger kommt, den sie am Vortag erblickt hat. Vielleicht ist das ein gutes Zeichen, schweifen ihre Gedanken, dabei reibt die Maske beim Springen an ihrer Nase. Karusan hebt den buschigen Schwanz eines Weißen Ku, die Krieger und jungen Frauen wenden sich einander zu.

In diesem Augenblick bricht mit einem Knacken der Stab in Erebes Mund. Ihre Gesichtsmaske verrutscht, sie greift mit der Hand zu. Nach drei weiteren Sprüngen sind Sehschlitze und Augen vereint. Erebe erkennt die jungen Krieger, glaubt für einen Augenblick, ihr Herzschlag setzt aus. Entdeckt schräg von ihr den großen Krieger aus Ma mit den breiten Schultern und der schmalen Hüfte. Ihr Herz rast in ihrer Brust, nimmt ihr fast den Atem. Sie glaubt, in seinem ernsten Gesicht ein kleines Lächeln zu erkennen. Wie bei allen auserwählten Kriegern glänzt seine hin- und herschwingende Haarpracht in eingefärbtem roten Ockerschlamm. Jeder von ihnen hält einen Speer dicht an der Seite, von ihren Oberarmen wedeln helle Schweife aus gebundenen Rindenfasern des Baobabs schmückend zur Seite herab.

Karusan schreitet zwischen den Reihen der tanzenden jungen Frauen und jungen Kriegern entlang. Hält in seiner Armbeuge eine Holzschale mit dem heiligen Wasser, taucht in sie den buschigen Schwanz eines Weißen Ku. Er besprüht zuerst die Reihe der jungen Krieger und anschließend die Reihe der jungen Frauen mit dem heiligen Wasser und vollführt damit eine symbolische Reinigung. Das andauernde Stampfen und fordernde Ausrufen der jungen Krieger und Frauen begleitet ihn. In Gedanken versunken übergibt Karusan die Schale mit dem Ku-Schwanz einem jungen Schamanen der Chem. Von ihm erhält Karusan zwanzig armlange Lederbänder und, steckt die in ein breites, um seine Hüfte gebundenem Lederband. In seinen Bewegungen ist Karusan darum bemüht, Würde und Erfahrung auszustrahlen, wie der Oberste Schamane Amcha. Dies steht im Gegensatz zu Karusans gewohnt weit ausholendem, schnellen Schritt. Karusan zwingt sich zu einem betont langsamen Schritt mit gesenktem Kopf, die Hände auf dem Rücken. Er schreitet zwischen den Reihen der jungen Krieger und Frauen. Sein langer dürrer Körper strahlt mit den langen Armen und Beinen eher Unbeholfenheit aus. Das Bemühen um einen ehrfurchteinflößenden Gesichtsausdruck steht nicht im Einklang mit seinen hängenden und stärker abfallenden Mundwinkeln.

Die jungen Krieger und Frauen bemerken das Schauspiel von Karusan nicht, das ist für sie ohne Bedeutung, es zählt nur ihre Zukunft, über die dieser Schamane entscheidet.

Karusan greift das Handgelenk eines Kriegers, zieht ihn aus der Reihe hinaus, zu sich in die Mitte. Macht zwei Schritte vorweg, greift nach dem Handgelenk einer jungen Frau. Beide stehen schweigend dicht bei Karusan, dieser bindet ihnen jeweils ein Ende des Lederbandes um ihre Handgelenke. Das steht symbolisch für ihre Zusammenführung, sie dürfen dies erst nach dem Großen Vollmondfest lösen. Karusan legt ihre Hände ineinander.

»Mögen Mutter Sonne und Vater Mond über euch wachen«, sagt er und lässt beide los. Die Gefährten laufen los zwischen die beiden Reihen, in denen jeweils eine Lücke klafft. Eilen durch das Oval den Hang hinauf, aus dem Tal hinaus. Ohne Zögern führt Karusan weitere Paare zusammen, lässt weitere Lücken in den beiden Reihen entstehen.

Noch ist Erebe nicht dabei, auch der Krieger aus Ma tanzt noch in der Reihe. Im Reflex bewegt Erebe ihren Kopf zur Seite, und erkennt, dass Karusan den Krieger aus Ma ans Handgelenk fasst. Selbst darüber erschrocken, schaut sie sofort geradeaus. Die kleinste Gefühlsregung beleidigt den Schamanen, der fühlt sich beeinflusst und bestraft dies durch Missachtung.

Karusan kommt mit dem Krieger aus Ma näher, ihr Herz schlägt bis zum Hals, macht ein Atmen fast unmöglich. Karusan schreitet an ihr vorbei, fast verlassen ihre Knie den Halt. Schwärze tritt vor ihre Augen, ihre Kräfte versagen. Auf einmal ein fester Druck an ihrem Handgelenk, Karusan griff zurück, zieht Erebe zu sich in die Mitte. Erebe steht benommen neben dem Krieger aus Ma, unfähig einen klaren Gedanken zu fassen, noch die Situation zu begreifen. Erebe lässt alles geschehen, läuft erst mit dem Ziehen des Lederbandes an ihrem Arm los. Traum und Wirklichkeit verschmelzen. Wenige Schritte weiter stolpert Erebe, fällt auf ihre Knie. Bleibt mit gesenktem Kopf auf dem Boden sitzen, überwältigt von einem Rausch. Zwei Hände greifen sie, richten sie auf. Emporschauend starrt sie über ihre Maske hinweg in die dunklen Augen des Kriegers aus Ma. Langsam erwacht ihr Körper, begreift die sie umgebende Wirklichkeit. Seine Hand greift in ihre, den Druck erwidernd, beide eilen Hand in Hand weiter durch das Oval. Das Herz von Erebe schlägt schnell, ein leichtes Schlagen, antreibend und beflügelnd. Sie folgt dem ihr unbekannten Krieger, erklimmt mit ihm den von Kanis gefüllten Hang. Einige berühren sie, rufen oder lächeln ihnen zu. Beide schauen nicht zurück, dies würde Unglück bedeuten und verlassen das Ovale Tal.

Hinter ihnen verstummen die Trommeln mit den Geräuschen des Tals, sie entfernen sich schnellen Schrittes über eine leicht hügelige Graslandschaft. Wie sie schreiten viele weitere Paare verteilt über die weite Graslandschaft in dieselbe Richtung. Ein leichter Wind lässt das kniehohe gelbe Gras rauschen, umspielt ihre Beine.

»Hama.«,

»Was?«, fragt Erebe, nicht weil sie ihn nicht versteht, sondern davon überrascht ist, den Klang seiner Stimme zu hören. Der Krieger stoppt, tief atmend stehen sie sich gegenüber, durch die Schlitze der Maske betrachtet er die glänzende Iris von Erebe.

»Mein Name ist Hama«. Erebe wird sich seiner dunklen Stimme bewusst. Ihren Kopf im Nacken, schaut sie in ein rundes Gesicht mit schmalen Augen und eng darüberliegenden Augenbrauen. Unter einer schmal geformten Nase liegt ein dünner Mund, der neigt zum Auseinanderklaffen, entblößt die oberen Schneidezähne. Seine Augenbrauen heben sich, er holt kurz Luft.

»Erebe«, stolpert es aus ihr heraus, mit einer durch die Maske gedämpften Stimme wiederholt sie ihren Namen »Erebe« Hama lächelt.

Gemeinsam schlendern sie wortlos weiter, bleiben an einem Überhang stehen, der in die weite Landschaft abbricht. Vor ihnen läuft der steile Überhang in ein sandiges Flussbett aus, dort plätschert ein Fluss, mündet weiter flussabwärts in den Danatus.

Auf der gegenüberliegenden Uferseite erheben sich zahllose kuppelförmige Hütten, erbaut von den auserwählten jungen Kriegern. Überziehen wie kleine, dunkle Hügel die Ebene bis zu einem hoch aufragenden Steinhügel, der mit seinen steil abfallenden Flanken alles überragt.

Gemeinsam steigen sie den sandigen Überhang hinunter und waten durch den knietiefen Fluss. Hama führt Erebe zu seiner Hütte, die in ihrer Einfachheit allen anderen Kuppelhütten gleicht. Erebe folgt Hama auf allen vieren durch den mit einem Fell verhangenen niedrigen Eingang. Schüchtern verharrt Erebe mit angewinkelten Beinen gleich neben dem kleinen Eingang, schaut mit gesenktem Blick auf das braune, den Boden bedeckende Fell einer Kuhantilope. Hama beugt sich vor, löst die Lederriemen ihrer Gesichtsmaske, nimmt sie ab. Erebe streicht sich mit ihrer Hand über die Nase, schaut lächelnd auf. Ihr Körper zittert, sie hofft, dass Hama es nicht bemerkt. Wenige Augenblicke später sind ihre Gedanken andere. Sie spürt die Wärme seines Körpers, mit seiner Liebe und Zärtlichkeit. Sie lieben sich stürmisch, ungeduldig und schnell auf dem weichen Fell der Kuhantilope.

Nach einer kurzen Pause wiederholen sie ihr Liebesspiel, intensiver und langsamer. Sie erkunden mit Geduld und Neugier den Körper des anderen. Spüren sich bis unter die Haut, vereinen sich erneut, langsam und lang ausdauernd.

Hama stützt mit einer Hand seinen Kopf, gleitet mit der anderen über Erebes flachen Bauch. Ihre Körper sind nass von Schweiß, in Erebes Bauchnabel mischen sich ihre Körperflüssigkeiten.

»Aira.« Erebe schaut von der Kuppel der kleinen Hütte in das Gesicht von Hama.

»Ich nenne dich Aira. Dein neuer Name ist Aira«, wiederholt Hama, lässt seinen Kopf auf seinen Oberarm sinken. Wortlos lenkt Aira ihren Blick auf die Kuppel, ist sich sicher, ihr Leben hat sich endgültig verändert. Sie erhielt von ihrem Gefährten einen neuen Namen, verlässt ihre Familie und begleitet Hama zur Salzwasserstadt Ma. Ihre Augen glänzen, sie schließt sie, zwei

Tränen verlassen ihre Augen. Die Hand von Hama berührt ihren Busen, sein Mund liebkost ihren Hals. Ihre Arme umschlingen seinen Körper, geben sich erneut ihrem Liebesspiel hin.

Mit der morgendlichen Dämmerung des zweiten Tages des Großen Vollmondfestes setzen die Schamanen die Zusammenführung der auserwählten Heth fort und enden erst unter einem sich verdunkelnden Himmel. Am dritten Tag folgt die Zusammenführung der Chem sowie der wenigen Kumesch.

CHAPITRE 4

Die Initiation der Murran

Aira führt die Finger der freien Hand über den muskulösen Oberarm von Hama. Ihre Finger umspielen die hellen Flecken vom ersten Licht der Mutter Sonne, diese fallen durch die kleinen Lücken der Kuppelhütte. Sie lauscht seinem ruhigen Atem, beobachtet seinen sich sanft wiegenden Rücken. In den letzten zwei Tagen liebten sie sich immerzu. Die Kumesch stellten ihnen Speisen vor die Kuppelhütte. Sie aßen gemeinsam, erzählten sich ihre Geschichten. Hama berichtete von vier Geschwistern, er sei als Letztgeborener der einzige Sohn. Vor wenigen Monden verstarb sein Vater, danach verlor seine Mutter ihre Kraft, deshalb sei er allein nach Kantis gekommen. Jetzt ist er nicht mehr allein, nie mehr, er fand seinen fehlenden Teil. Bei dem Gedanken an Hamas Worte empfindet Aira ein wohliges Kribbeln in ihrem Herzen, formt sich ein sanftes Lächeln auf ihre Lippen. Der Oberarm von Hama bewegt sich unter Airas Hand, sein Körper dreht sich ihr zu, ihre Blicke verschmelzen.

»Heute ist der große Tag deines Bruders und ich möchte deine Familie kennenlernen. Lass uns zum Fluss gehen.« Aira saugt den Klang seiner dunklen Stimme in sich auf, ergreift schweigend die Initiative, sie lieben sich erneut. Ihr Liebesspiel erlahmt, Hama nimmt ihre Hand und sie verlassen gemeinsam zum ersten Mal seit über zwei Tagen die kleine Kuppelhütte. Ein leichter Wind umspielt ihre Körper, sie gehen gemeinsam zum Fluss und reinigen sich im knietiefen Wasser.

Aira drängt sich schnell durch die an den Hängen des Ovalen Tals eng beieinanderstehenden Kanis. Dahinter folgt Hama, hat Mühe einer vorauseilenden Aira mit einem festen Ziel zu folgen. Seit sie sich erinnert, trifft ihre Familie sich an einem aus dem Hang des Ovalen Tals hinausragenden Felsen. Sie saß als Kind auf der Spitze des Felsens, verfolgte begeistert die Zeremonien, mittlerweile entspricht ihre Größe dem des Felsen.

Hume steht dicht am Felsen, reckt ihren Hals, sucht an den vielen Kanis vorbei ihre Tochter. Sie haben sich vor ihrer Zusammenführung das Versprechen gegeben, sich hier zu treffen. Hume hört eine vertraute Stimme ihren Namen rufen, augenblicklich liegen Mutter und Tochter sich mit tremolierenden Lauten in den Armen. Kamil, mit dem kleinen Sabum im Tragefell auf dem

Rücken, stimmt in den Jubel mit ein und Aira umarmt sie stürmisch. Lale steht mit ihrem stämmigen Körper ein wenig abseits, obwohl ihre tremolierenden Laute Freude ausdrücken, schauen ihre eng beieinanderstehenden Augen ernst. Doch mit der Umarmung von Aira zeigt sich für einen Augenblick Freude in ihrem Gesicht. Hama folgt dem zerrenden Lederband, Hume und Kamil begrüßen ihn mit Umarmungen. Arrom und Mah umarmen Aira, begrüßen Hama mit einem Handschlag. Der alte Sabum lässt es sich nicht nehmen, umarmt seine Tochter lange. Schaut Hama beim Handschlag einige Herzschläge tief in die Augen. Hagam sitzt auf dem Felsen, wie einst die kleine Erebe, schaut kurz zu Aira, wendet sich sofort wieder dem großen Oval zu.

»Mein Name ist Hama und das ist meine Gefährtin Aira«, sagt Hama mit lauter Stimme im Kreis von Airas Familie. Im selben Augenblick strömt ein Raunen durch das Oval. Noch bevor die Kanis etwas sehen, ertönt das Stampfen vereint mit dem Rufen der Murran.

»Da, da, da« ruft Hagam, so laut es seine kindliche Stimme vermag, er zeigt mit ausgestrecktem Arm auf den gegenüber liegenden Hang. Dort oben am Kamm treten die ersten Murran der Heth hervor. Es sind die zukünftigen Krieger, bereit für das Initiationsritual. Die Kanis am Hang weichen zur Seite, bilden eine Gasse, in der die Murran in Viererreihen hinunter schreiten. Tanzen zwei Schritte vor und hüpfen den dritten. Staub aufwirbelnd hallen ihre Schritte dumpf von den Hängen des Ovals, vereinen sich mit ihren begleitenden Gesängen. Nekan schreitet mitten unter ihnen singend den Hang hinunter, trägt einen Stab als symbolischen Speer bei sich, ist von allen anderen Murran der Heth nicht zu unterscheiden. Sein nackter Körper ist einschließlich der Augenbrauen rasiert. Seine dunkle Haut überzieht vom kahlen Schädel bis zu den Füßen weißer Lehm mit schwarzen Linien. Die malten die Murran sich gegenseitig auf ihre Körper, sie schabten mit zu Krallen geformten Händen über die lehmbeschmierte Haut. Zeichneten Linien hinein, die ihre Kindheit symbolisieren, sie sind bereit, die Linien wie auch ihre Kindheit abzulegen.

Die Murran bereiteten sich seit dem letzten Großen Vollmondfest vor vier großen Treibjagden auf diesen Augenblick vor. Sie lebten außerhalb von Kantis oder ihren Heimatorten in großen Gemeinschaftshütten in Gruppen bis zu zwanzig Murran, jagten gemeinsam und versorgten sich selbst. Ihre letzte und entscheidende Prüfung mussten alle in der Nähe von Kantis bestehen: den Kriegersprung. Sie vollzogen den aus dem Stand, berührten mit dem Kopf den Querast eines Baobabs mit dickem Stamm.

Im ganzen Oval bis hinauf in die Hänge ist die angespannte Atmosphäre der zukünftigen Krieger spürbar. Sie strömen zu Tausenden, über den Kamm den Hang hinunter ins Oval. Es dauert lange, bis für einen kurzen Moment der Strom der herankommenden Murran abreißt.

Er setzt sich nach wenigen Augenblicken mit den Murran der Chem fort, ihre nackten geschorenen Körper schmücken die gleichen weißen Linien. Sie tragen ebenfalls einen Stab, nicht als Waffe, sondern als Symbol ihrer Arbeit.

Die Murran der Chem unterscheiden sich in ihrem Äußeren nicht von den Heth, ihre Vorbereitungszeit war kürzer, geprägt von Schmerzen und Meditation. Vor sieben bis neun Monden, während eines Vollmondfestes, führten die Schamanen jeden von ihnen in die Geister- und Ahnenwelt. In einer Zeremonie entfernten die Schamanen den Murran der Chem einen Hoden. So verbrachten die Murran der Chem gemeinsam und abgeschirmt von der Außenwelt, zwei Monde in einer großen Hütte. Nur den Schamanen war der Zugang zu den Hütten gewährt, sie pflegten die Murran der Chem und verbrachten gemeinsam mit ihnen die Zeit mit meditieren.

Erneut entsteht eine Lücke und die Murran der Kumesch folgen. Ihre ebenfalls nackten Körper sind kahlgeschoren, mit trockenem Lehm bedeckt. Auf ihrer weißen Haut sind die Streifen fast nicht sichtbar. Sie folgen mit ihren symbolischen Speeren im selben Takt den Heth und Chem, ihre Stimmen ergänzen den Chor der im Oval versammelten Murran.

Ihre Vorbereitungszeit glich denen der Heth, dabei blieben sie innerhalb der Gemeinschaft und ihre Jagdbeute waren ausschließlich die Fluchttiere.

Mittlerweile haben die Murran der Heth das Oval durchschritten, spalteten ihre Reihen am gegenüberliegenden Ende auf, folgten dicht beieinander dem Rand des Ovals, stellten sich in einem äußeren Ring mit zur Mitte gerichtetem Blick auf. Ebenso stellten sich die Murran der Chem zu einem mittleren Ring auf. Die Murran der Kumesch bilden den inneren Ring.

Ihr Gesang verstummt, regungslos starren die Murran zur Mitte, wo sich die Schamanen des Reichs Mabel im Mittelpunkt der Kreise versammeln. Zum Beginn des Großen Vollmondfestes zogen sich die Murran der drei Kasten in ein abgelegenes Tal zurück, verbrachten dort abgeschirmt die letzten Tage, fasteten und reinigten ihre Körper und Seelen.

Gemeinsam heben die Schamanen jeweils einen Arm dem blauen Himmel entgegen, die Murran hocken sich mit ihren vom Fasten gezeichneten Körpern auf ihre Waden. Jeder legt seinen Stab quer vor sich, umfasst die vor ihm überschneidend liegenden Stäbe mit den Händen. Ein lautes hölzernes Geräusch erklingt im Oval, die Murran reiben die Stäbe in ihren Händen aneinander. Paarweise durchschreiten die Schamanen in alle Richtungen die Reihen, verteilen sich auf die drei Kreise der Murran. Direkt vor Nekan stellen sich zwei Schamanen der Heth auf, ein erfahrener Älterer in Begleitung eines jungen Schamanen. Beide greifen nach seinen Armen, Nekan steht auf, tritt über die klingenden Stäbe. Steht stolz mit angehobenem Kopf zwischen ihnen, sein Gesicht regungslos mit leerem Blick unter den hängenden Augenlidern. Der jüngere Schamane reicht dem Älteren die spitze Zahnreihe eines Hechtsalmlers. Mit festem Druck setzt der ältere Schamane die Zahnreihe auf Nekans Haut, die spitzen Zähne schneiden tief ein. Beginnend am Rücken, zieht der Schamane die Zahnreihe nach unten. Nekan hört die kratzenden Geräusche, unter denen die Zahnreihen seine Haut wundkratzen. Sein Gesicht zeigt keine Regung, auch nicht während die Fischzähne von Wulst zu Wulst springen, sich tief in seinen vernarbten Bauch eingraben. Blutstropfen rinnen aus der Haut, fließen über seinen Körper, vermischen sich mit dem Weiß des getrockneten Lehms. Die spitzen Zähne des Hechtsalmlers gleiten nicht länger über seinen Körper, der Schamane schaut auf sein Werk, wo das Rot des Blutes das Weiß des getrockneten Lehms verdrängt. Der jüngere Schamane gießt einen ätzenden Pflanzensaft aus einer Kalebasse über Nekans Körper. Das Gebräu brennt auf seinem Körper, die Hände des alten Schamanen gleiten über seine Haut, waschen den Pflanzensaft in jede Wunde. Das Blut vermischt mit dem weißen Lehm gleitet von Nekans Haut und er lässt damit seine Kindheit endgültig hinter sich.

Regungslos erträgt Nekan mit leerem Blick und einem geschlossenen schmalen Mund die brennenden Schmerzen. Der Schmerz soll ihn unverwundbar machen, stark im Kampf und stark gegen Krankheiten. Nekan bemerkt den Griff der Schamanen an seinen Armen nicht, nur der Zug seiner Arme bewegt ihn, hinter die Stäbe zu treten. Er hockt sich auf seine Waden, greift nach den Stäben, reibt diese zwischen seinen Händen. Die Schamanen treten zu dem nächsten Murran.

Nekan ist ein Krieger und empfindet doch keine Freude. Seine Haut brennt, als lodere eine Flamme auf ihr. Der Schmerz betäubt ihn fast, er kämpft darum, nicht sein Bewusstsein zu verlieren. Nur die Stäbe zwischen seinen Händen geben ihm Halt, verhindern ein Schwinden seiner Sinne. Nekan verliert jedes Gefühl für die Zeit, seine Finger bewegen sich von selbst. Mutter Sonne steht schräg über dem Horizont, Nekan weiß nicht, ob die Schmerzen schwinden oder sein Körper sich langsam an das Brennen gewöhnt.

Die Initiation ist beendet, die Schamanen versammeln sich erneut in der Mitte der drei Kreise, heben jeweils einen Arm. Schwerfällig erheben sich die Initianten der drei Kasten, stützen sich auf ihre Stäbe oder helfen sich gegenseitig. Ein Lied erklingt aus ihren Kehlen, sie danken den Schamanen für die Initiation.

Die ehemaligen Murran steigen gemeinsam, in den Kasten vermischt, den Hang des Ovals hinauf. Kehren zurück in ihr Tal, wo sie heute Nacht gemeinsam feiern und ihre Kuppelhütten verbrennen. Jubel ertönt im Oval, die Frauen begrüßen mit ihren tremolierenden Schreien die neuen Krieger der Heth, die Handwerker der Chem und die Wächter der Kumesch. Der Schatten der nahen Berge verdrängt im Oval das Licht der Mutter Sonne. Trommeln ertönen, die Kanis strömen den Hang hinunter, feiern gemeinsam mit den neuen Zusammengeführten bei Hirsebier im Licht der großen Feuerstelle.

CHAPITRE 5

Das Kajagak der Krieger

»Hast du das Hirsebier gut vertragen?« Arrom schaut zu Mah, dessen schlanke Silhouette sich vor dem erhellenden Himmel abzeichnet.

»Ja, natürlich.« Mah verschluckt sich fast, »Hama und ich, wir haben uns gut verstanden.« Noch mit einem Grinsen auf den Lippen ergänzt Mah: »Meinst du, Nekan wird am Kajagak trotz seiner wunden Haut teilnehmen?«

»Das wird er sich nicht entgehen lassen, er wird den Weg hier ins Ovale Tal finden. Erst neulich erzählte mir dein Vater, wie er beim letzten Großen Vollmondfest Nekan festhalten musste, damit er nicht einen Krieger herausfordert.«

»Er hat es auch nicht vergessen.« Mah nickt in Richtung des Lagers der ehemaligen Murran. Wenige Augenblicke später steht Nekan bei ihnen, mit weit aufgerissenen Augen, die seine hängenden Lider verdrängen.

»Heute kämpfe ich mit euch.«, Nekan präsentiert am Handgelenk das Lederband.

»Wir kämpfen nicht gemeinsam, sondern gegeneinander und ein jeder für sich.«

»Genau«, ergänzt Mah Arrom. »Das beginnt damit, dass du auf die andere Seite des Ovalen Tals musst. Dort wo die Unerfahrenen, ja Neulinge, stehen.« Nekan schaut zurück, dorthin, wo das Kinn von Mah ihm die Richtung weist.

»Wartet ab, bis ich meinen ersten Kampf gewonnen habe. Dann gehöre ich auch zu den erfahrenen Kriegern.«

»Wie auch immer, zum Schluss werden alle eure Armbänder mein Handgelenk schmücken«, grinst Mah.

»Gut, wir sehen uns wieder«, erwidert Nekan und seine Augen formen einen Schlitz. Er wendet sich ab, um innerhalb der achttausend Krieger im Oval seinen Platz bei den unerfahrenen Kriegern zu finden.

»Was wird Hama wohl machen?«

»Am liebsten mitkämpfen, ich habe es gestern in seinen Augen gesehen«, antwortet Mah Arrom,

»Da ist aber ein kleines Lederband zu Erebe.«

»Aira«, unterbricht Arrom.

»Ja, Aira. Ein Lederband, das ihn zurückhält«.

Mittlerweile haben sich die Hänge mit Kanis gefüllt, niemand möchte die Kämpfe des Kajagak verpassen. Die ersten Strahlen von Mutter Sonne erreichen den Grund des Ovalen Tals. Die Schamanen mischen sich unter die nackten Krieger, verdrängen die Hälfte an den Rand des Tals. Die Jungen treten den Erfahrenen entgegen, wollen von ihnen lernen und haben nichts zu verlieren. Gelingt ihnen ein Sieg, gehören sie ab sofort zu den erfahrenen Kämpfern, denen man mit Respekt begegnet.

Noch meiden die erfahrenen Krieger ein Aufeinandertreffen. Langsam finden sich Paare zum Kajagak, stehen sich gegenüber. Die Kämpfer wirbeln Sand auf, reiben damit ihre Oberkörper, Arme und Beine ein. Arrom steht mit nach vorn gebeugtem Oberkörper. Sein Gegenüber, ein junger Krieger mit kahlem Kopf, dessen Körper zahlreiche Kratzwunden überziehen, tut es ihm gleich. Trommelklänge ertönen, dass Kajagak beginnt. Gegenseitig tasten sich die Gegner mit nach vorn ausgestreckten Armen ab. Es ist ein Kampf von Geschicklichkeit, gepaart mit Körperkraft. Schlagen, Beißen und Kratzen ist verboten, ein Verbot, über dessen Einhaltung die Schamanen streng wachen.

Eine kurze Körpertäuschung von Arrom, er umfasst sofort ein Bein seines jungen Gegners, hebt an und bringt den zu Fall. Arrom triumphiert, wirft als Zeichen seines Sieges seine Beine tanzend nach vorn, klatscht mit seinen Händen. Von hinten streift ein Schamane Arrom mit den grünen Blättern eines buschigen Astes, eine Geste, die ihn zum Sieger erklärt.

Arrom hat gewonnen, der junge Krieger überreicht ihm sein Lederband. Das Publikum jubelt, unter ihnen

Hama und Aira. Mit leuchtenden Augen beobachtet Hama, den beginnenden Kajagak der zweiten Gruppe. Sein Oberkörper kämpft mit, die Arme bewegen sich, zerren an dem Lederband zu Aira. Die meisten Kajagak verlaufen schnell und heftig, meist zwingt der erfahrene Kämpfer den Unerfahrenen zu Boden. Mah beendete seinen ersten Kajagak siegreich, trägt wie Arrom zwei Lederbänder um sein Handgelenk. Nekan, aufgeregt und unerfahren, verlor den ersten Kajagak in seinem Leben.

Nach einer Pause folgen weitere Kämpfe, alle verbliebenen Krieger befinden sich im Oval, woraus Arrom und Mah als Sieger hervorgehen. Anschließend verbleiben noch über zweitausend Krieger im Oval, die dritten Kämpfe beginnen, erfahrene Gegner treffen aufeinander.

Mah steht Tuscha gegenüber, ein ihm bekannter, großer muskulöser Krieger aus Kantis. Mit kraftvollen Armen und Beinen, einem mächtigen Nacken, auf dem ein rundes Gesicht thront. Daraus schauen zwei kleine, runde Augen mit kräftigen Augenbrauen Mah ernst an. Tuscha wandelt mit einem Lächeln seinen Gesichtsausdruck. Entblößt mit seiner viel zu dicken Oberlippe eine breite Zahnlücke unter einer breiten und kurzen Nase. Eine Zahnlücke, die er sich beim vergangenen Kajagak zuzog und daraufhin verlor. Tuscha ist sich siegessicher, seiner körperlichen Überlegenheit bewusst. Die beiden Krieger reiben Sand auf ihre Körper, nähern sich langsam. Umkreisen sich in der beginnenden Hitze des Tages, tasten sich mit ausgestreckten Armen heran. Tuscha stürmt voran, Mah macht eine schnelle Seitwärtsbewegung, lässt Tuscha ins Leere laufen. Sofort greift Tuscha erneut nach Mah, der entweicht mit einem Lächeln. Tuscha greift Mah hinterher und kommt ins Straucheln. Mah sieht seine Chance, greift nach Tuscha. Das war von Tuscha beabsichtigt, er greift nach Mah. Die Füße von Mah strampeln in der Luft, er fällt mit dem Rücken in den Staub. Mah lächelt, greift nach der Hand von Tuscha, der hilft ihm auf die Beine.

Weitere Kajagak folgen unter der heißen Mutter Sonne, und als es abkühlt, erkämpft Arrom sein achtes Lederband. Nur noch sechzehn Paare von Kämpfern befinden sich im Oval. Paarweise stehen sich die Kämpfer in einem weiten Kreis gegenüber, umringt von den vielen Kanis, die ins Oval strömten.

Achtete zu Beginn des Kajagak noch ein Schamane auf mehrere Kämpfer, beobachten drei Schamanen mittlerweile denselben Kampf. Sie setzen ihre inzwischen kahlen Zweige mehr gegen die Zuschauer ein, damit den Kämpfern genügend Platz verbleibt.

Die letzten Kajagak waren keine schnellen Siege, es kommt auf die Ausdauer an. Klare Favoriten gibt es nicht mehr, jeder ist in der Lage zu gewinnen.

Arrom steht Tuscha in einem Kreis von Kanis gegenüber. Obwohl Arrom zu den größten Kriegern zählt, überragt ihn Tuscha um einen halben Kopf, mit einem massigeren Körper, dessen optische Vorteile für ihn sprechen. Arrom, körperlich leicht unterlegen, mit Vorteilen in Schnelligkeit und Geschick bei den Kämpfen. Wie zwei Raubkatzen schleichen sie langsamen Schrittes im Kreis, belauern sich gegenseitig. Spannung erfasst die flüsternden Zuschauer. Arrom und Tuscha bleiben stehen, wirbeln Sand auf, verteilen diesen auf ihre Körper. Nähern sich, bleiben gegenüber halb gebückt und lauernd stehen. Sie greifen gegenseitig nach den Armen des anderen, lassen sofort los. Jeder sucht nach der Möglichkeit eines kleinen Vorteils. Mit einem breiten Lächeln zeigt Arrom seine beiden hell leuchtenden Zahnreihen, Tuscha reagiert nicht, konzentriert bleibt sein Mund mit der breiten Oberlippe geschlossen.

Plötzlich prallen ihre Oberkörper mit der Wucht zweier Gorillamännchen aufeinander. Sie versuchen Kopf an Kopf, die Beine des Gegners zu erreichen, trennen sich abrupt und reiben wiederholt Hände und Arme mit Sand ein. Erneut prallen ihre Körper aufeinander, Arme und Beine verkeilen sich, lösen sich voneinander. Jeder neue Zusammenprall steigert die Verbissenheit. Arrom und Tuscha atmen tief und schwer, nur noch ihr Kampf dauert an, alle anderen Kajagak sind entschieden. Abermals prallen ihre Körper aufeinander, Arrom erlangt einen Vorteil, greift nach dem Bein von Tuscha, hebt ihn hoch. Das Publikum raunt, Arrom sieht wie der sichere Sieger aus. Arrom gerät in Rückenlage, Tuscha zappelt und dessen Gewicht drückt Arrom zu Boden. Er strauchelt, verliert das Gleichgewicht, Arrom fällt mit dem Rücken zu Boden. Ein dumpfer Aufschlag und Tuscha liegt auf Arrom, der Sieg ist seiner.

Die Menge schreit und jubelt, mit einem Lächeln entblößt Tuscha seine Zahnlücke, der Zweig des Schamanen streift seinen Körper. Arrom streift alle erbeuteten Lederbänder ab, gibt das eigene mit einem Lächeln an den Sieger Tuscha. Das Kajagak geht weiter, bis am Ende Tuscha als Einziger vierzehn Lederbänder erkämpft.

CHAPITRE 6

Das Kajagak der Wächter

Am siebten Tag des Großen Vollmondfestes, versammeln sich unter den ersten Strahlen von Mutter Sonne mehr als tausend Wächter der Kumesch zu ihrem Kajagak im Oval. Jubel hallt von den überfüllten Hängen, der Kajagak beginnt unter den Augen der Schamanen. Sand und Staub wirbeln auf, Körper verkeilen sich, die Kumesch kämpfen genauso erbittert wie die Heth tags zuvor. Die ersten Kämpfer gehen zu Boden, die Sieger genießen unter dem Jubel der Kanis ihren Erfolg.

Schnell schrumpft die Zahl der verbliebenen Kämpfer, die ersten Zuschauer strömen ins Innere des Ovals. Unter ihnen Liaba mit ihren zögerlichen jüngeren Schwestern Alela und Rahel. Den Kajagak verfolgend steht Liaba in vorderster Reihe, mit weit aufgerissener leuchtender Iris. Sie hat ihre zurückhaltende Art abgelegt, scheint mitzukämpfen, jubelt lautstark mit tremolierenden Schreien zum Ende eines jeden Kajagak.

Häuptling Omab und Oschne folgten ihren Kindern. Oschne fällt das Verhalten ihrer Tochter auf. In einigem

Abstand beobachtend, dauert es nicht lange, bis Oschne den Grund für die Aufregung ihrer Tochter erkennt. Ihre Augen hängen an einem hoch gewachsenen Wächter von der Größe eines Heth, sein muskulöser Körper besitzt eine stolze Ausstrahlung. Er gleicht bis auf seine weiße Haut mit seinen schwarzen, zu langen, dünnen Zöpfen geflochtenen Haaren der Erscheinung eines Kriegers. Seine schwarzen Augen unter den genauso dunklen Augenbrauen strahlen in einem leuchtenden Schwarz. Oschne kennt alle Wächter, auch die bei diesem Großen Vollmondfest Initiierten, dennoch ist ihr dieser junge Wächter mit der blutverkrusteten Haut nicht bekannt. Oschne fasst ihren Gefährten Häuptling Omab an den Oberarm, der wendet sich zwischen den lärmenden Kanis zu ihr.

»Wer ist der junge Wächter?«, fragt Oschne, nickt in die Richtung des Kajagak.

»Welcher von den beiden?«,

»Der, der gerade gewonnen hat«, antwortet Oschne, der jubelnde Schrei von Liaba ertönt zu ihnen hinüber.

»Sein Name ist Qwasie. Auf seinen Wunsch hin, lebte er seit dem letzten Großen Vollmondfest in Ma. Er verbrachte seine Zeit als Murran dort zwischen den Murran der Heth. Jetzt kehrte er nach Kantis zurück und wird bei den Schamanen als Wächter dienen.«

»Das erklärt einiges«, flüstert Oschne vor sich hin. Sie erinnert sich an einen heranwachsenden Kumesch, der Kanis verließ. Den sie als Wächter nicht mehr wiedererkennt und der sich soeben sein fünftes Lederband umbindet. Qwasie ist der letzte Kämpfer mit zerkratztem Körper. Das ist nicht verwunderlich, aus der Salzwasserstadt Ma kommen seit jeher die besten Kajagak-Kämpfer. In Gedanken nickt Oschne langsam, beobachtet Qwasie. Sie streckt sich, flüstert Omab ins Ohr.

»Liaba wird sich demnächst öfter bei den Schamanen aufhalten.«

Omab beäugt zuerst seiner Tochter Liaba, sein Blick wandert weiter zu Qwasie. Omab atmet tief, wendet sich ab, dem soeben beendeten Kajagak zu. Er weiß, dass alle Schwärmerei vergebens ist, es sind die Schamanen, die entscheiden. Oschne beobachtet ihre Tochter weiter, lächelt in sich hinein, erinnert sich, wie sie einst für Omab schwärmte.

Als die große Hitze des Tages abklingt, jubelte Liaba weitere sechsmal und Qwasie bindet sich als Einziger das elfte Lederband um sein Handgelenk.

Mit halber Kontur leuchtet Vater Mond zwischen den Feuerstellen der Ahnen am dunklen Himmel. Die Nacht senkt sich über das Ovale Tal, ein Kreis von fackelnden Feuerstellen erhellt die Mitte des Ovals. In dem steht Qwasie, dessen Name für alle Ewigkeit die Kanis in

Geschichten erzählen. Qwasie, der als Erster mit wunder Haut das Kajagak der Kumesch gewann. Qwasie, der aus Ma zurückkehrte, um zu siegen. Ein Triumph für die Ewigkeit und tritt in dieser Nacht nochmals an, in seinem bisher schwersten Kajagak.

Ein Raunen ertönt an den gefüllten Hängen, es wandelt sich zu einem Jubel. Tuscha tritt aus der Dunkelheit in den Lichtschein des Feuerkreises. Jubel mit den tremolierenden Schreien steigert sich, es gilt den beiden Kämpfern. Tuscha und Qwasie heben ihre Arme, winken den Kanis an den dunklen Hängen zu.

Die meisten der Kanis sind davon überzeugt, dass Tuscha mit seiner körperlichen Überlegenheit und seiner Erfahrung, aus vielen Kajagak, gewinnt. Es gibt auch Stimmen, die meinen, Qwasie schaffe das Unmögliche. Warum nicht noch ein Sieg über Tuscha. Eine dieser Stimmen ist Liaba, sie steht zwischen ihren Geschwistern und Eltern, begleitet mit heiserer Stimme die Geschehnisse im Feuerkreis.

Melech betritt mit dem buschig grünen Ast in der einen und seinem Schamanenstab in der anderen Hand den Feuerkreis, verharrt dort am Rand. Der Jubel verklingt, langsamen Schrittes umkreisen sich die beiden Kämpfer. Hinter ihren Rücken lodern die Feuerstellen, davor steht Melech, der die Kämpfer beobachtet und darauf achtet nicht zwischen sie zu geraten. Die Legenden berichten davon, dass es bisher nur einmal einem Kumesch gelungen ist, im letzten Kajagak einen Heth zu besiegen.

Qwasie trägt in einer Staubwolke Sand auf Arme, Hände und Oberkörper auf. Tuscha beobachtet mit schrägem Kopf den kampfbereiten Qwasie, der stützt mit entschlossenem Blick seinen nach vorn gebeugtem Oberkörper mit den Händen auf seinen Knien ab. Tuscha wendet sich ab, dem Publikum zu. Mit triumphierender Geste hebt Tuscha beide Arme in den dunklen Himmel, die Kanis jubeln ihm zu. Unter dem Jubel, der von den Hängen auf ihn niederrollt, hebt Tuscha wiederholend seine offenen Hände nach oben, mit frenetischem Beifall antworten die Kanis. Seines Triumphes sicher, genießt er den Augenblick des Jubels, an dem die Kanis teilhaben sollen. Tuscha wendet sich Qwasie zu, langsam verebbt der Jubel. Seine mächtigen Arme bewegen sich, er trägt wenig Sand auf seine Hände auf. Die Kanis verstummen, Spannung erfüllt die Hänge. Unvermittelt stürmt Qwasie los, greift nach einem Bein von Tuscha, rutscht ab und Tuscha weicht zur Seite aus. Ein Raunen strömt durchs Publikum, Jubel ertönt, Qwasie demonstrierte seinen Mut. In gebückter Haltung halten sie die Arme ausgestreckt, tasten sich an Schulter, Armen und Kopf ab. Beide umlauern sich im Kreis, schreiten vor oder weichen zurück. Erneut stürmt Qwasie nach vorn, Tuscha weicht aus, lässt Qwasie ins Leere stürmen. Erneutes Raunen strömt durch die Kanis, Tuscha nutzt seinen Vorteil gegenüber dem abgewandten Qwasie nicht, er hebt stattdessen seine Arme, lässt sich erneut bejubeln. Wendet sich dann tief durchschnaufend Qwasie zu, der Jubel verstummt, zielstrebig nähert sich Tuscha. Tuschas Körpermasse bewegt sich unaufhaltsam vorwärts, greift in dichter Folge nach Qwasie, der weicht aus oder wehrt ab. Qwasie ist nicht mehr in der Lage, eigene Aktionen zu setzen.

Auf einmal geht alles schnell, während Liaba stumm den Mund aufreißt, berührt der Rücken von Qwasie den staubigen Boden. Tuscha jubelt, wirft seine Beine tanzend nach vorn und klatscht. Unter dem Jubel der Kanis, streift Melech mit den buschig grünen Blättern den Rücken von Tuscha.

CHAPITRE 7
Das Charro-Spiel

Am Morgen des dritten und letzten Tages der Wettkämpfe schlagen Trommeln den Takt für das Charro-Spiel. In langen Reihen betreten die Chem das Oval, stellen sich dicht beieinander zu jeweils zwanzig Spielern auf. Ihre Arme liegen auf den Schultern des Nachbarn, sie bewegen sich bedächtig im Takt der Trommel. Mit weit aufgerissenen Augen und einem breiten Lächeln mit strahlend weißen Zähnen, präsentieren sie stolz die aus vergangenen Charro-Spielen prangenden Narben auf ihrer blanken Haut. Wie dicke Würmer ziehen sich die langen Narben quer über ihre Oberkörper.

In einer Hand hält jeder einen armlangen, dünnen Stock, der sich bis zur halben Länge im Durchmesser verjüngt, geschmeidig biegsam bei jedem Schlag.

Beifall und Jubel ertönt von den gefüllten Hängen des Ovals, mischt sich mit den Klängen der Trommeln, der Beifall gilt den viertausend ausgewählten Chem. Die Spieler sind in zwei Gruppen aufgeteilt: die jungen, unerfahrenen und die älteren, erfahrenen Chem. Zu groß ist die Gefahr, dass ein Stärkerer einen Schwächeren niederschlägt oder, gar tötet.

Beim Charro-Spiel zählt nicht die Körperkraft, sondern die Ehre des einzelnen Teilnehmers. Sie stellen somit ihren Mut und ihre Tapferkeit unter Beweis, damit jeder den Stärksten und Mutigsten erkennt. Sie erfahren ihren wirklichen Wert und wodurch sie sich unterscheiden. Die erfahrenen Chem halten sich zurück, den Begin machen die unerfahrenen Spieler. Jeder von ihnen wählt einen Gegner aus einer Gruppe von zwanzig Chem aus, anschließend legen sie die Anzahl der Stockschläge fest.

Mittlerweile sind die Kanis ins Oval geströmt, an verschiedenen Stellen bilden sich Kreise, in die jeweils zwei Spieler treten. Die stehen unter der Beobachtung von Schamanen und den Ältesten der Chem, die in vorderster Reihe zwischen den Zuschauern harren. Mit lauter Stimme stellt ein junger Schamane dem Publikum die beiden Charro-Spieler vor. Er hält einen erhobenen buschigen Ast, den er nach kurzer Zeit senkt. Die Trommeln schlagen im schnellen Rhythmus, das Charro-Spiel beginnt. Der schlagende Spieler winkelt seine Knie an, holt mit seinem Oberkörper Schwung. Der Stock surrt, klatscht auf die gelblich-braune Haut des zweiten Charro-Spielers und hinterlässt auf dem ungeschützten Oberkörper einen hellen Striemen. Triumphierend, unter dem Jubel der Zuschauer, steht der

Geschlagene mit erhobenen Armen, zeigt stolz lächelnd allen Zuschauern, dass er keinen Schmerz empfindet. Der Jubel verstummt, die Spieler wechseln ihre Rollen. Durch ihre Unerfahrenheit sind ihre von vorn ausgeführten Schläge ungefährlich. Sie erteilen sich abwechselnd voller Stolz ihre Stockschläge, angeheizt von den schnellen Trommelschlägen und dem aufbrausenden Jubel. Obwohl sie jeweils nur gegen einen Gegner antreten, küren die Schamanen, nach zehn Kämpfen mit der Berührung der grünen Blätter, einen Sieger aus jeder Gruppe von zwanzig Chem. Es sind die Augen der Ältesten und Schamanen, die den Mutigsten und Tapfersten erkennen, nicht jeder hält die gleichen Stockschläge aus wie ein anderer. Die Sieger gehören nun zu den erfahrenen Charro-Spielern, messen ihre Kräfte mit ihresgleichen beim nächsten Großen Vollmondfest.

Die erfahrenen Charro-Spieler betreten die von Zuschauern gesäumten Kreise, ihr Stolz strahlt Ruhe und Besonnenheit aus. Ihre von vorn oder von hinten ausgeteilten Stockschläge sind gezielter und häufiger. Auch unter ihnen gibt es Unterschiede und aus jeder Gruppe küren die Schamanen und Ältesten einen Sieger. Nach dem Aussortieren von Charro-Spielern stellen die Schamanen und Ältesten aus den Siegern neue Gruppen zusammen. Die treten gegeneinander an und aus denen tritt erneut ein Sieger hervor. Bis am Ende des Tages aus den zehn Charro-Spielern die Schamanen und Ältesten unter dem Jubel und den tremolierenden Schreien der Kanis den neuen Charro-Meister küren: jenen, der nie sein Lächeln verlor und niemals Schwäche zeigte.

CHAPITRE 8

In der Ratsebene

»Könnte die Beratung so weit führen, dass sie dich zum König wählen?«, fragt Mah mit blinzelnden Augen gegen die blendende aufgehende Mutter Sonne, seinen Vater Sabum.

»Es ist schon eine Ehre, an den Beratungen teilnehmen zu dürfen. Mich bestimmten die Ältesten aus Kantis aus ihrer Mitte und das, obwohl meine Zeit als Ältester gerade erst beginnt.«

»Aber es wäre möglich?«

»Ja, es wäre möglich, aber bisher wurde meist ein Schamane oder ein Häuptling zum König gewählt und selbst die brauchen viel Zuspruch.«

»Amcha wäre ein guter König«, bemerkt Mah. Sabum, der zuvor seine Gefährtin Hume vor seiner Hütte beobachtet hatte, wendet seinen Blick, schaut seinem auf dem Boden gegenübersitzenden Sohn in die blinzelnden Augen.

»Ich glaube, Amcha möchte nicht, er sieht seine Bestimmung als Oberster Schamane. Ich weiß aber, dass

Melech sich intensiv bemüht. Er ist ehrgeizig und sieht seine Chance.«

Mah gibt keine Antwort, zuckt kurz mit den Schultern.

»Aber sicherlich gibt es noch andere, die sich darum bemühen«, sagt Sabum. »Es sind nur die Berufenen aus dem gesamten Reich Mabel, die an der Königswahl teilnehmen dürfen, und wie viele Tage die Beratung auch dauern mag, am Ende haben wir einen neuen König, mit Zustimmung aller Berufenen.«

Mah schaut zu seinem Vater auf, erneut blinzelt er. Sabum steht auf, erlöst die Augen seines Sohnes von dem blendenden Licht der Mutter Sonne

»Begleite mich zum Palos, viele werden bereits dort sein.« Sie gehen gemeinsam los, der Blick von Hume folgt ihnen, sie verschwinden hinter einer der Hütten. Den Palos-Platz füllen die Kuppelhütten der Gäste. Dazwischen stehen zahlreich die Kanis, beobachten das Eintreffen der Ältesten, Schamanen und Häuptlinge.

In einem Abstand von fünfzig Schritten haben die Chem um das Palos einen Ring aus Dornenbüschen errichtet, innerhalb des Ringes versammeln sich die Ältesten, Schamanen und Häuptlinge, der innere Ring bleibt ihnen vorbehalten. Nicht alle der Versammelten sind zur Wahl des neuen Königs berufen. Diejenigen, deren Lebenszeit sich dem Ende nähert, stehen nicht zur Wahl und sie nehmen nicht an der Wahl teil. Unter den Verbliebenen bestimmten die Häuptlinge, Schamanen und

Ältesten aus ihren Mitten die zur Wahl Berufenen. Mah bleibt zwischen den Kuppelhütten zurück, beobachtet seinen Vater, der durch eine Lücke im Dornengebüsch zum Palos schreitet. Sein Blick gleitet zu den großen Augen, die ihm entgegenstarren, Augen von grässlichen Fratzen, eingearbeitet in die äußeren hoch aufragenden Holzsäulen. Bis zu vier übereinander, mit breiten Nasen und weit aufgerissenen Mündern. Ihr abstoßendes Erscheinen verhindert das Eindringen von bösen Geistern, dass kein Geist die Beratungen im Inneren des Palos stört und die Gedanken der Anwesenden manipuliert.

Sabum bahnt sich seinen Weg durch die dicht Beieinanderstehenden, er begrüßt viele mit einem Handschlag. »Wo ist Melech? Er versteht es doch sonst, Kanis um sich zu versammeln«, fragt Sabum den Obersten Schamanen Amcha.

»Das kann er immer noch, er hat jene, die ihm folgen, bereits in der Ratsebene um sich versammelt.«

»Hat die Beratung bereits begonnen?«, fragt Sabum und Amcha erkennt die Unsicherheit in Sabums Gesicht.

»Nein.«, Amcha legt seine Hand auf die nackte Schulter von Sabum. »Aber bereits seit dem ersten Licht von Mutter Sonne scharrt er seine Anhänger um sich und gewann sogar weitere dazu.«

Aus dem Palos tritt der Schamane Karusan mit seinem gewohnt weit ausholenden, schnellen Schritt. Ihm folgt der Häuptling der Salzwasserstadt Ma namens Kaasi: ein junger Häuptling mit großen Plänen, sein Ehrgeiz gleicht dem von Melech. Sein kahl geschorener Kopf, mit den tiefen Falten lässt ihn viel älter erscheinen. Dabei fällt die viel zu dicke Oberlippe in seinem Gesicht auf, sie übertrifft die Unterlippe bei Weitem und erweckt den Eindruck, als zöge er ständig seine Oberlippe nach oben. Wenn dies geschieht, in verärgerten oder wütenden Augenblicken, kräuselt sich seine Nase, dass sein Gesichtsausdruck einem Warzenschwein ähnelt. Ein Gesichtsausdruck, mit dem er viele seiner Widersacher einschüchterte. Eine Schar von Anhängern folgt dem bedächtig schreitenden Häuptling Kaasi.

»Da ist noch jemand, der es versteht, Kanis um sich zu versammeln«, bemerkt Sabum und schaut Häuptling Kaasi hinterher.

»Da gibt es noch mehr. Die einen mit wenigem, die anderen mit mehr Erfolg«, antwortet Amcha. Nach Kaasi und seinen Anhängern folgen weitere Berufene, es sind Häuptlinge, Schamanen und Älteste der drei Kasten, die sich in der Ratsebene versammeln. Amcha wartet mit Sabum, sie steigen schließlich den schräg von außen angelehnten und mit Stufen ausgeschlagenem langen Baumstamm hinauf. Sie erreichen als Letzte die hohe Ratsebene. Amcha betritt vor Sabum die fellbedeckte Ratsebene des Palos und schaut in die vielen Gesichter, die ihn anstarren. Obwohl sie nur sitzen, berühren ihre

Köpfe fast die Decke der Ratsebene und niemand kann sich in hitziger Debatte drohend aufrichten.

»Wir haben auf euch gewartet, nun sind wir vollständig« sagt Melech mit einem gütigen Ton, bestärkt durch ein Lächeln seines schiefen Mundes.

»Das Warten ist nicht deine Tugend, Melech« antwortet Amcha und Sabum folgt ihm stark gebückt mit dem Rücken an der Decke. Sie bahnen sich ihren Weg durch die dicht an dicht sitzenden Berufenen. Die begehrtesten Sitzplätze an einem der zwanzig unverzierten und das Dach tragenden Säulen, sind besetzt. Nur einer nicht, der ist dem Obersten Schamanen Amcha vorbehalten. Sabum findet Platz am Rand der Ratsebene, auf einem der mit Fellen bedeckten Tierschädel. »Leider ließ es sich nicht vermeiden, dass wir schon vor deiner Ankunft einige Worte wechselten«, bemerkt Melech.

»Sicher waren die meisten davon von dir, Melech. Aber so ist es nun geschehen«, antwortet Amcha und eine Stille breitet sich unter den sechsundachtzig Berufenen aus.

Der verstorbene und von allen verehrte König Jakatanga glich zum Schluss einer ausgetrockneten Frucht. In sich zusammengefallen, zahnlos und mit tiefen Falten. Er hatte länger als alle vor ihm die Königswürde getragen. Keiner der Anwesenden war bei der damaligen Königswahl anwesend, nur wenige können sich daran erinnern.

»Unsere Ahnen sind unter uns, mögen sie uns weise führen. Lasst sie uns ehren«, unterbricht Amcha die Stille und macht eine kurze Pause, spricht mit geschlossenen Augen weiter. »Kanis führte uns aus der Dunkelheit, er gab uns unseren Namen und trennte uns von den Arbel. Tutscha führte uns nach langer Wanderung in dieses Land. Mit Kenu begangen wir, die Ku zu jagen ...«

Amcha spricht weiter, zählt mit dem Gleichklang seiner Stimme die Könige auf. Amcha verstummt, Karusan ist an der Reihe, die Aufzählung der Könige fortzuführen. Für einen Augenblick gleitet Karusans Zunge über seine Lippen, er beginnt in seiner hektischen Art zu sprechen.

»Mabel, der das Reich erschuf, Ma, der bis zum Großen Salzwasser vordrang, und Amcha, der weise Schamane, der König wurde und Kantis gründete.« Bei diesen Worten kommt gedämpftes Stimmengewirr auf, viele hoffen auf eine Wiederholung der Geschichte. Unbeeindruckt von der Unruhe zählt Karusan ohne Unterbrechung die Könige weiter auf. Nach Karusan folgt Melech, der die Aufzählung mit den Worten beendet.

»... Jakatanga, der uns lange und gütig führte. Möge der neue König das Erbe der Ahnen fortführen.« Ein Flüstern steigert sich langsam, die Ersten führen Gespräche mit ihren Nächsten. Amcha nickt dem am äußeren Rand der Ratsebene sitzenden Häuptling Omab zu. Zwischen dem Palos und den Dornenbüschen wartet Oschne, ihren Blick emporgerichtet, mit einem Zuwinken von Häuptling Omab wendet sie sich ab. Sie trägt vor ihrem Gesicht ihre weiße Maske, wie alle anderen Maskenfrauen der drei Kasten, die Schulter an Schulter abgewandt das Palos mit den Dornenbüschen umstellen. Oschne klatscht in ihre Hände, wiegt wie die Maskenfrauen ihren Körper rhythmisch mit Füßen und Hüften.

»Wir sind die Wächter, wir halten die bösen Geister auf, wir beschützen das Palos«,

singen die Maskenfrauen wiederholend im Chor. Ihre Bewegungen fließen im Gleichtakt zusammen, verstärkt durch das Rasseln der um ihre Unterschenkel geschlungenen Tanzrasseln. Trommeln ertönen, geschlagen von einigen Chem. Die Persönlichkeiten der Frauen verschwinden hinter den Masken, ihre Macht besteht darin, alle bösen Geister und jeden Fluch abzuwehren: auf dass kein böser Geist oder ein Fluch der Berufenen habhaft werde und ihre Sinne verwirre. Nach einer alten Sage können die Geister nicht höher als eine Fliege fliegen, die erhebt sich nur bis zum Rücken eines Büffels. Somit dient das unermüdliche Singen der Maskenfrauen mit ihren Bewegungen dem Zweck, dass kein Wort aus der Ratsebene nach außen dringt.

Mit dem Gesang der Maskenfrauen im Hintergrund führen kleine Gruppen die ersten Gespräche im Palos, bestätigen sich in ihrer Meinung über den zukünftigen König. Dann und wann geraten zwei Gruppen aneinander, diskutieren oder suchen an anderer Stelle Unterstützung für ihre Meinung. Die Berufenen tauschen die Plätze, diskutieren an anderen Stellen mit neuen Gesprächspartnern weiter.

In den Gesprächen herrscht keine Übereinstimmung über einen Kandidaten, jedoch in der Ablehnung vieler anderer Namen. Die ersten Bewerber mit schwachen Hoffnungen sehen ein, sie finden nicht genügend Unterstützung, dafür bemühen sich andere um ihre Gefolgschaft. Amcha hält sich zurück, sucht weder für sich Unterstützung noch bevorzugt er einen anderen Kandidaten. Trotzdem scharen sich ständig neue Gesprächspartner um den Obersten Schamanen.

Mutter Sonne verschwindet hinterm Horizont, ein Tag der Gespräche neigt sich dem Ende. Erwartungsgemäß sind die Beratungen nicht wesentlich weiter als zu Beginn. Nur die von Anfang an wirklich aussichtslosen Kandidaten erfahren keine Nennung. Die Berufenen verlassen die Ratsebene, sie dürfen sich vom Palos nicht entfernen. Sie finden im unteren Saal oder in der oberen Ratsebene des Palos einen Platz zum Essen und Schlafen. Die Stimmen der Maskenfrauen, ihr rhythmisches Klatschen, die Tanzrasseln und die Trommeln sind verstummt.

Am nächsten Morgen erklingt der Gesang der Maskenfrauen mit dem Aufgang von Mutter Sonne erneut. Ihr
Licht durchflutet die Ratsebene, die ersten Stimmen
ertönen, die Auserwählten führen die Beratung fort.

Mit der Hitze zur Mitte des Tages ertönen heftiger
geführte Gespräche. Zum kühlen Abend reduzieren sich
die Namen der Kandidaten auf Amcha, Melech und
Kaasi. Amcha äußerte sich bisher nicht zu einer Kandi-
datur, viele die weder für Melech noch Kaasi stimmen,
hoffen auf eine Entscheidung von ihm.

Das ändert sich auch nicht am dritten Tag der Beratung, ohne eine Änderung enden die Beratungen mit
dem Untergang von Mutter Sonne.

Am vierten Tag versuchen Melech und Kaasi mit Ein-
schmeicheln viele auf ihre Seite zu ziehen. Da gibt es
noch die Unentschlossenen und jene, die gerne Amcha
als König sehen, der beharrlich schweigt.

»Du musst dich entscheiden, Amcha«, ruft Melech mit
seiner hellen Stimme quer über die Ratsebene. Schweiß
steht auf der hellen Stirn von Melech, nicht nur von
den Anstrengungen seiner Stimme, sondern auch von
der unerträglichen Hitze in der Ratsebene. Die Diskussionen verstummen, nur noch die Geräuschkulisse der
Maskenfrauen und Trommeln ertönt. Alle Blicke in der
Ratsebene richten sich auf den Obersten Schamanen.

Angelehnt an die Holzsäule ruhen seine Unterarme auf seinen angewinkelten Knien, er dreht zwischen seinen Fingern den mit Grasbändern ummantelten Holzgriff eines Fächers. Kein Windhauch regt sich, nur das sich drehende, eingefasste Fächerblatt aus Tierhaut bewegt vor Amcha die heiße Luft. Eine stickige Hitze, noch unerträglicher als die an den Vortagen. Amcha beobachtet das sich drehende Fächerblatt, legt es nach einigen Herzschlägen beiseite.

»Ich fühle mich über so viel Zuspruch geehrt und ließ in vielen Gesprächen mit euch meine Gedanken reifen. Jetzt bin ich davon überzeugt, dass ich euch und den Kanis als Oberster Schamane den größeren Dienst erweise. Ihr müsst euch auf einen anderen als König einigen.«

Amcha hat seine Worte noch nicht beendet, da flammt die Diskussion erneut auf, heftiger als zuvor, nur die niedrig gebaute Decke verhindert größere Handgreiflichkeiten.

Am Abend dieses Tages ist das Verhältnis zwischen Melech und Kaasi ausgeglichen, jetzt sind die Unentschlossenen ausschlaggebend für die Wahl des neuen Königs.

Am fünften Tag treffen viele der Unentschlossenen eine Entscheidung für Melech oder Kaasi, das ändert am ausgeglichenen Verhältnis nichts. Amcha äußerte sich bisher nicht, welchen der beiden Kandidaten er unterstützt, dafür erregt ein Gerücht seine Aufmerksamkeit. Niemand sprich es aus, allein die Möglichkeit ist eine Drohung und erhöht den Druck auf die Berufenen. Wählte man Melech zum König, trennt sich Ma samt der Region am Großen Salzwasser vom Reich Mabel. Amcha war seit seiner Erklärung mehr Beobachter als Teilnehmer der Diskussionen, ihn beunruhigt dieses Gerücht. Allein der Gedanke daran ist nicht zu akzeptieren.

Die Mittagshitze lässt nach, Mutter Sonne nähert sich zur Hälfte dem Horizont. Zum ersten Mal löst sich während der Beratungen Amchas Rücken von der Holzsäule, er verlässt seinen ihm vorbehaltenen Platz. Er sucht das Gespräch mit den noch Unentschlossenen, unter ihnen Sabum und Häuptling Omab. Melech und Kaasi fallen die Aktivitäten von Amcha sofort auf, beide betrachten sie mit Misstrauen, das Wort des Obersten Schamanen hat Bedeutung.

»Was hast du vor?«, knurrt Melech leise Amcha an, verharrt auf der obersten Stufe, starrt zu Amcha als Letzter auf der Ratsebene am Ende des fünften Tages.

»Der Schutz der Kanis und die Einheit Mabels sind das oberste Gebot eines jeden Schamanen«, antwortet Amcha und drückt Melech mit seinem Körper die Stufen hinunter.

CHAPITRE 9

Der Sonnenkönig

Vor allen anderen nimmt am Morgen des sechsten Tages der Oberste Schamane Amcha seinen gewohnten Platz ein, konfrontiert jeden der Berufenen beim Betreten der Ratsebene mit einem direkten Blickkontakt, viele schauen sofort weg, wenige erwidern seinen Blick. Amcha wartet, bis alle sich in der Ratsebene versammeln, die ersten gemurmelten Gespräche beginnen, die Trommeln mit den Stimmen der Maskenfrauen erklingen.

»Ungeduld bewegt uns und doch lässt sich die Zeit nicht ändern«, spricht Amcha mit erhobener Stimme, worauf alle anderen Gespräche verstummen. »Die Zeit bleibt immer gleich. Stetig gleich und unsere Aufgabe ist es, für die Kanis im Reich Mabel für das Stetige zu sorgen. Wir müssen dafür Sorge tragen, dass sich die Kanis in der Zeit weiterhin stetig und dauerhaft entwickeln. Denn wir sind für das Schicksal der Kanis verantwortlich.«

»Du hast recht, Amcha, die Kanis müssen sich entwickeln, weiterentwickeln«, Häuptling Kaasi spricht mit gekräuselt faltiger Nase.

»Die Kanis sind viele geworden, längst ist es nicht mehr einfach, überall unsere Macht auszuüben. Wir müssen unsere Macht im Reich Mabel besser verteilen«, sagt Karusan in seiner schnellen Sprechweise.

»Was meint ihr damit?«, fragt Amcha.

»Ma ist groß geworden, fast so groß wie Kantis und nicht nur das. Auch reich an Gütern, das Große Salzwasser versorgt uns stetig mit seinen Gaben und auch das Tritonshorn wird nur bei uns gefunden«, sagt Häuptling Kaasi. Jeder spürt, ein aufkommender starker Bock wagt es, dem Älteren die Hörner entgegenzustrecken.

»Was wollt ihr noch?«, fragt Melech. »Auch Karusan führte bei diesem Großen Vollmondfest Paare zusammen und er hat die Beratungen mit eröffnet. Die Größe von Ma wurde beachtet. Wollt ihr, dass das nächste Große Vollmondfest in Ma stattfindet?«, fragt Melech höhnisch.

»Es war eine weise Entscheidung, dass Karusan Aufgaben des Großen Vollmondfestes übernahm und das nächste Große Vollmondfest in Ma … dem kann ich nur zustimmen.«

Häuptling Kaasi verstummt, ein heftiges Stimmengewirr ertönt in der Ratsebene. Jeder ist bemüht, die anderen zu übertönen. Melech, dessen Gesichtszüge sich noch stärker verzerren, kreischt mit seiner hellen Stimme. Er gestikuliert mit seinen kurzen Armen, das Blut schießt ihm ins Gesicht. Alle Anstrengungen sind vergebens, seine Worte tauchen im Geschrei unter. Er erweckt für sich den Eindruck, nur er höre sich reden. Melech springt mit einer hektischen Bewegung auf, schreit sofort vor Schmerz. Trotz seines kleinen Wuchses ist es ihm nicht möglich, aufrecht zu stehen. Einige nehmen davon Notiz, beobachten Melech mit einem spöttischen Lächeln. Der setzt sich mit der Hand am Kopf und einem leicht schmerzverzerrten Gesicht hin. Zwar verschaffte Melech sich kein Gehör, dafür sprechen nur noch wenige gleichzeitig.

»Was wollt ihr denn?«, brüllt Amcha. »Wir sind hier, einen neuen König zu wählen. Über alles andere beraten wir zu einem späteren Zeitpunkt.« Schweigen erfüllt die Ratsebene.

»Aber dies alles muss in Zusammenhang gesehen werden. Es ist nur gerecht, dass Ma mehr Einfluss und Macht bekommt«, sagt Häuptling Kaasi.

»Ihr wollt Veränderung und seht euch als Unterlegene und wollt Gleichberechtigung?« Mit diesen kraftvollen Worten scheint es, als gewönne der Oberste Schamane sitzend an Größe. »Warum kämpft ihr dann nicht für die größte Minderheit, wenn euer Anliegen so ehrenhaft ist? Häuptling Omab und seine Kaste der Kumesch sind in Wahrheit jene mit der geringsten Macht. Ich stimme für Häuptling Omab als unseren neuen König.«

Alle verstummen. Die Blicke der Schamanen Amcha und Melech verschmelzen in der allgemeinen Sprachlosigkeit. Noch nie war ein Kumesch König über das Reich Mabel.

»Amcha hat weise gesprochen, ein Kumesch soll unser neuer König werden. Eine Veränderung, ein Kompromiss und all unsere Argumente sind in Häuptling Omab vereint« sagt Melech. Mit dieser Zustimmung erstaunt Melech alle Berufenen, sogar sich selbst.

»Es wäre mir eine Ehre, das Geschick aller Kanis zu leiten und für Gerechtigkeit und Ausgleich zu sorgen.« Häuptling Omab nutzt die anhaltende Sprachlosigkeit.

»Das könnt ihr nicht machen. Häuptling Omab stand bisher nicht zur Wahl.« Spricht Karusan noch schneller als sonst.

»Aber nichts würde sich ändern, die ganze Macht wäre weiterhin in Kantis.« Häuptling Kaasi wird sofort bewusst, dass die Entscheidung bereits getroffen ist. Obwohl er nicht aufgibt, schwindet zum Abend die Zustimmung für ihn.

Zur Mitte des siebten Tages der Beratungen sammeln sich nur noch wenige hinter Häuptling Kaasi. Damit ist die Wahl des neuen Königs getroffen. Nach der Hitze des Tages geht es nur noch um Zusagen an Häuptling Kaasi, die ihn zur Zustimmung bewegen. Es ist nichts Wesentliches, Karusan der Schamane aus Ma, wird beim nächsten Großen Vollmondfest die Schöpfungsgeschichte leiten und das heilige Weiße Ku töten.

Als Mutter Sonne über dem Horizont steht, erhält Omab, Häuptling der Kumesch, von allen Berufenen die Zustimmung. Zum ersten Mal ist ein Kumesch der

König über alle Kanis im Reich Mabel. Noch bevor Mutter Sonne hinterm Horizont verschwindet, verstummen die Gesänge der Maskenfrauen und die Trommeln.

Die plötzliche Stille fällt den Kanis in der Nähe des Palos sofort auf. Sie erheben sich, starren voller Erwartung auf das Palos. Je weiter sich die Kanis vom Palos entfernt aufhalten, umso mehr geriet die gewohnte Geräuschkulisse in den Hintergrund. Selbst über den äußeren Rand von Kantis hinaus gibt es Aufmerksame, denen die Veränderung nicht entgeht. Zunächst strömen wenige hin zum Palos, ihnen schließen sich weitere an.

Arrom, Mah und Nekan trafen sich zur Mitte des Tages auf dem Palos-Platz, fanden zwischen den vielen Kuppelhütten Platz im Schatten einer der Schirmakazien. Sie stehen in der Mitte einer dicht gedrängten Menge von Kanis, starren auf das Palos. Viele der kleinen Kuppelhütten drücken die auf den Palos-Platz strömenden Kanis nieder und niemand stört sich daran.

Mit dem Nennen des neuen Königs ist das Ende des Großen Vollmondfestes nicht mehr fern. Alle möchten anwesend sein, wenn der Name des neuen Königs zum ersten Mal genannt wird. Die Kanis stehen dicht beieinander, die großen Heth, dazwischen die kleinen gelblichbraunen Chem und wie helle Punkte in der dunklen Masse die Kumesch. Gebannt starren alle auf das Dach des Palos, dort wo sich der neue König den Kanis zum ersten Mal zeigt. Die vorderen Reihen drücken die Nachrückenden ohne die mittlerweile fehlenden Dornenbüsche dicht an das Palos. Denen bleibt nur der direkte Blick in einen wolkenlos blauen Himmel, ohne zu erkennen, was auf dem Dach passiert. Dafür winken ihnen die verbliebenen Berufenen aus der Ratsebene lächelnd zu.

»Schau nur, dort!«

Nekan deutet mit seiner Hand auf das Dach des Palos. Arrom und Mah erkennen drei Gestalten auf dem Dach des Palos, sie schreiten auf den Rand zu, bleiben dort stehen. Direkt hinter ihnen steht die geneigte Mutter Sonne über dem Horizont, erschwert das Erkennen der drei Gestalten. Deutlich ist, der Mittlere trägt den Kopfschmuck des Königs. Ein weiß gebleichter Ku-Schädel mit den beiden gebogenen Hörnern direkt hinter den Augenhöhlen, dem gespaltenen und steil aufragendem Horn vorn weg. Jeder König erhält mit dem Tag seiner Wahl den Kopfschmuck eines neuen Ku-Schädels, der begleitet ihn über den Tod hinaus.

Die beiden Begleiter des neuen Königs heben als Bestätigung jeweils einen Arm in die Höhe. Die Kanis jubeln, erkennen nicht, wen sie als ihren neuen König bejubeln. Sie wissen nur, ein neuer König wurde gewählt. Nur jene, die mit Blick auf das Dach im Schatten des Palos stehen, erkennen als Erste den neuen König und rufen seinen Namen.

»Omab.«

»Hörst du Arrom, Omab, Omab. Sie rufen Omab!« Arrom schaut Mah ungläubig an, erkennt den anschwellenden Namen Omab aus dem Jubel heraus. »Ich erkenne nun auch Amcha und Karusan an der Seite von Omab«, fügt Mah grinsend hinzu. Arrom blinzelt gegen Mutter Sonne, erkennt Omab als König.

»Omab wurde erwählt!«,

»Dort steht unser neuer König Omab.«

»König Omab.« Die Kanis beginnen rhythmisch hochzuspringen, die Menge wiegt sich wie Wellen in einer großen Wasserfläche. Mutter Sonne färbt sich und den Himmel überm Horizont rot, verleiht König Omab einen eigenen Glanz.

»König Omab«, ertönt es lauter.

»Mutter Sonne«, ertönt es dazwischen, bis die wechselnden Rufe

»Mutter Sonne« und »König Omab« sich zu einem vereinen.

»Sonnenkönig Omab.«

Sonnenkönig Omab thront am nächsten Morgen auf dem Elefantenthron im Saal des Palos, einem großen ausgeblichenen Elefantenschädel, der mit seinen Backenknochen auf dem festgestampften Lehmboden

ruht. Dahinter ragen die gewaltigen ausgestemmten Stoßzähne aus dem Lehmboden heraus und flankieren den Schädel. Sie neigen sich zur Mitte, wo ihre Spitzen sich berühren. Der Elefantenthron steht mittig und dicht an der dem Eingang gegenüberliegenden Wand. Von hier aus regiert der König das Reich Mabel, empfängt Besucher und trifft mit dem Ältestenrat von Kantis Entscheidungen. Zu beiden Seiten des Elefantenthrons entlang der seitlichen Wände sitzen jeweils die achtzehn Mitglieder des Ältestenrats auf kniehohen mit Fellen bedeckten Steinen.

In der Mitte, flankiert von den sechs inneren, mit Längs- und Querrillen verzierten Holzsäulen, die die Decke tragen, stehen dicht gedrängt die Häuptlinge, Schamanen und Ältesten des Reiches Mabel. Sie sind gekommen, sich zu verabschieden, einer nach dem anderen tritt vor den Elefantenthron. Sonnenkönig Omab empfängt ihre Huldigungen, sitzt aufrecht auf den mit einem überhängenden weißen Ku-Fell bedeckten Elefantenschädel. Auf dem Kopf von Sonnenkönig Omab thront ein schulterlanges weißes Fell eines Ku mit freiem Gesichtsfeld und dem darauf befestigten bleichen Ku-Schädel. Auf seiner weißen Brust hängt eine Kette mit abwechselnd aufgereihten Tritonshorn-Muscheln und Löwenkrallen, um seine Hüfte kleidet ihn ein weißes Fell.

Jeder von ihnen richtet lobende Worte an Sonnenkönig Omab, bekundet seine Loyalität. Man trägt auch

Sorgen und Hoffnungen vor, ohne dass nur einer auf eine Entscheidung hofft. Sind ihre Sorgen groß, kommen sie auf ihren Knien nahe an Sonnenkönig Omab, sie fordern ihn auf, seine Hand auf ihren geneigten Kopf zu legen. Vollzieht dies mit der linken Hand, hält in seiner Rechten einen Antilopenschweif, um die Fliegen zu vertreiben.

Sonnenkönig Omab lässt den Antilopenschweif auf seine Schenkel sinken, Häuptling Kaasi tritt vor.

»Es ist etwas Neues entstanden, so nicht vorauszusehen.« Häuptling Kaasi schweigt, er steht mit erhobenem Kopf da. Er ist sich bewusst, dass alle Anwesenden ihm schweigend lauschen. Er spricht nicht laut, sodass die Hinteren ihre Ohren nach ihm ausrichten.

»Ganz Ma wird sich über den neuen Sonnenkönig Omab freuen. Sie werden ihm treu zur Seite stehen. Sie wissen, er wird zu ihnen gerecht sein und ein guter König. So werden sie dir, Sonnenkönig Omab, zur Seite stehen, dir treu dienen und stets deiner gedenken.«

Häuptling Kaasi senkt seine Augen, neigt langsam den Kopf. Sonnenkönig Omab hebt wohlwollend seine Hand mit dem Antilopenschweif. Eine Geste, die nur noch dem Rücken von Häuptling Kaasi gilt. Bereits abgewendet, bahnt er sich seinen Weg durch die Wartenden. Vorbei an dem Obersten Schamanen Amcha, die Blicke treffen sich, weiter am Schamanen Melech vorbei, ohne ihn eines Blickes zu würdigen. Ihm folgt

Karusan, der den Worten von Häuptling Kaasi nichts hinzugefügt hat und sich kurz vor Sonnenkönig Omab verneigte. Häuptling Kaasi tritt aus dem Palos hinaus, wo an diesem sechzehnten Tag das längste Große Vollmondfest endet.

Auf dem Palos-Platz versammeln sich die Heth, Chem und Kumesch aus dem Reich Mabel zur Verabschiedung.

CHAPITRE 10

Der Abschied

Häuptling Kaasi entfernt sich vom Palos, dicht gefolgt vom Schamanen Karusan. Sie schreiten über den Palos-Platz und weiter durch Kantis. Langsam bewegt sich der Tross, folgt Häuptling Kaasi hinaus auf die große Ebene.

Hagam lacht, seine Augen strahlen,

»noch einmal Erebe, noch einmal!«

Aira fasst den kleinen Hagam erneut unter die Arme, hebt ihn in die Luft. Das vertraute, atemlose Lachen seiner Spielgefährtin erklingt, Aira bleibt für Hagam weiterhin seine Erebe. Wie alle anderen sie nennen, ist für ihn ohne Bedeutung.

Hama sitzt neben Aira, verbunden durch das Lederband der Zusammenführung. Sein rechter Arm bewegt sich mit den Bewegungen von Aira mit. Er unterhält sich mit dem alten Sabum, Arrom, Mah und Nekan über die Wahl des neuen Sonnenkönigs Omab und ihre bevorstehende Reise. Solche oder ähnliche Unterhaltungen finden überall statt, in und um Kantis verabschieden sich die Kanis. Man tauscht Grußworte aus, äußert die Hoffnung, sich bald wieder zu begegnen.

Kamil mit dem kleinen Sabum auf dem Rücken und Hume treffen ein. Einen Augenblick zögert Hume beim Anblick des kleinen Hagam und ihrer Tochter. Sie tritt an Aira ran, reicht ihr ein Bündel großer Blätter.

»Wurzelknollen … du magst sie doch … sie sollen dir Kraft auf deiner langen Reise geben«, flüstert Hume mit stockender Stimme. Mit feuchten Augen schaut Aira ihre Mutter an, wendet sich von Hagam ab, greift wortlos das Paket.

Hagam ruft: »Noch einmal!«, Kamil hebt ihn auf den Arm. Hagam schaut traurig auf Aira, er versteht ihren neuen Namen nicht.

Zum Abschied reicht Hama mit einem Lächeln jedem die Hand. Seine Gefährtin Aira schließt jeden in den Arm und bleibt lange bei ihrer Mutter Hume. Mit ihren an Riemen hängenden Bündeln schließen sich Hama und Aira dem Tross an. Aira dreht sich um, winkt Hagam zu, der erwidert ihr Winken mit seiner kleinen Hand. Aira wendet sich ab, entfernt sich.

»Erebe!« Hagam ruft lauter. »Erebe.«

Seine Augen weiten sich, etwas passiert, es widerstrebt seinen Gefühlen. Er windet sich auf den Armen seiner Mutter und wiederholt lauter »Erebe!«

Er möchte seine Spielgefährtin zurückholen, seine Gefühle gehen in ein bitterliches Weinen über.

Hama und Aira tauchen zwischen den Kanis aus Ma ein, sie möchten ihr verbindendes Lederband erst in Ma lösen.

DRITTES BUCH

ГЛАВА 1

Ein schrecklicher Verdacht

»Endlich«, murmelt Melech, stützt seinen Körper mit beiden Händen an seinen Schamanenstab, schaut hinunter vom Rand des Tals auf das dunkle Kantis. Seine Füße schmerzen, sein Körper ist von der langen Reise gezeichnet. Melech eilte durch die Nacht, wollte nicht noch einen weiteren Tag verlieren. Als Mutter Sonne hinter dem Horizont verschwand, war es, für die schwer beladenen Chem der Karawane nicht mehr möglich weiter zu gehen. Seit Tagen verlangte Melech Höchstleistungen von ihnen, lange Tagesetappen mit hohem Tempo und wenigen Pausen. Zu viert marschierten sie weiter durch die Nacht. Nur zwei Krieger erreichen mit Melech Kantis. Der Dritte war in der Nacht über eine Wurzel gefallen, verletzte sich am Fußgelenk schwer, konnte nur noch humpeln. Melech ließ ihn auf einem Baum zurück und sorgte für seinen Schutz vor Raubtieren. Mit dem Ziel vor Augen folgen die beiden Krieger langsameren Schrittes Melech auf einem steinigen Pfad den Steilhang hinunter. Kurz schaut Melech nach oben, vor einem aufhellenden grauen Himmel, zeichnet sich der dunkle Rand des Tals von Kantis ab. Die Konturen der ersten Hütten von Kantis zeigen sich schemenhaft.

Die Krieger trennen sich wortlos von Melech, setzen ihre eigenen Wege zu ihren Hütten fort. Melech beachtet die Krieger nicht, geht direkt auf sein eigenes Ziel zu, der Höhle der Schamanen. Dort, tief in der Schamanenhöhle, findet er Amcha gebeugt über den flackernden Schein einer kleinen Feuerstelle. Er hat in der vergangenen Nacht Heilpflanzen gesammelt, streift die Blätter von den Stängeln. Amcha bemerkt im flackernden Licht einen Schatten.

»Es freut mich, dich nach zwei Monden wiederzusehen, Melech. Wie war deine Reise?« Melech tritt dicht an Amcha heran, beugt sich zu ihm vor. Spricht mit leiser, krächzender Stimme in das Ohr von Amcha

»Schlecht, denn schlechte Nachrichten sind mir zu Ohren gekommen. Wir müssen uns beraten.«

Mutter Sonne steht hoch über dem offenen Felsenloch, ihr Licht fällt in den Ratssaal. Im einfallenden Lichtkegel steht Melech, in der Mitte des Schamanenrates, seinen Schamanenstab mit beiden Händen fest umfassend.

»Wir waren schon viele Tage unterwegs, am Rand der Steinwüste, als wir das Weiße-Gebirge am Horizont erblickten«, beginnt Melech. »Da waren wir noch zehn Tage von dem Salzclan mit seinen Dörfern an den Salzseen entfernt und dort begegneten wir am Rande des Weißen-Gebirges einer Karawane aus Ma. Sie waren verunsichert, uns dort anzutreffen, da wir uns von den bekannten Pfaden entfernten. Auch ihr eigener Weg war ungewöhnlich, als er den unseren kreuzte.«

Melech atmet tief ein, schnauft aus, als wolle er sich von etwas Unangenehmen befreien. »Als sie mich erkannten, wurde ihr Verhalten noch merkwürdiger. Zuerst glaubte ich, sie seien verwirrt. Sie fragten nach dem richtigen Weg und waren so voller Dankbarkeit, als wir ihnen den zeigten, dass sie uns große Geschenke machten. Ich ließ sie weiterziehen, doch ich wurde misstrauisch.«

Ermahnend führt Melech eine Hand von seinem Schamanenstab. »Ein Händler gibt ab, was er geben muss. Doch wenn er mehr gibt, ist er entweder ein schlechter Händler oder er möchte etwas verbergen.« Mit beiden Händen am Schamanenstab fährt Melech fort »So kamen wir zum Salzclan, dem Ziel unserer Reise. Wir betrieben Handel und forderten die Abgaben für Kantis. Es war ein guter Handel, während ich ständig Fragen stellte oder Andeutungen machte.«

Von der Last seiner Worte gebückt, stützt Melech sich mit beiden Händen auf den Schamanenstab. Richtet sich auf, bringt Spannung in seinen Körper, als wolle er für einen letzten Kraftakt seine Kräfte sammeln. »Erst Gerüchte, dann Andeutungen und schließlich Zeichen. Nicht eindeutig, aber genug, um zu verstehen. Der Untergang ist nah.«

Melech erhebt seine hohe Stimme. »Unser Blut wird geschändet, man vermischt es mit dem der Arbel.« Die Worte von Melech verhallen in einer atemlosen Stille. Melech spürt die Kraft von Mutter Sonne auf seinem Körper, sagt mit fester Stimme. »Es sind Kanis, die unter Mutter Sonne und Vater Mond Jabijaries Tabus brechen. Wir müssen dem Zorn von Jabijarie zuvorkommen. Wir müssen sofort hart handeln, das Unglaubliche auslöschen. Und jene, die sie unterstützen.« Stumme Blicke starren auf Melech, erst nach Augenblicken des Schweigens unterbricht die Stimme des Obersten Schamanen Amcha die Stille.

»Hast du, Melech, genauere Kenntnisse, wer und wo?«

»Es sind Einzelne, die das Tabu brechen, doch gibt es Andeutungen, die auf Ma hinweisen. Die Beratung beim letzten Großen Vollmondfest zeigte, dass dort eine abtrünnige Stimmung herrscht. Das steinige und sandige Weiße-Gebirge befindet sich an unseren äußersten Grenzen, dort siedeln keine Kanis. Dort vermute ich den Ort, dort würde ich es tun.«

»Ich stimme Melech zu, die Schuldigen müssen sterben und mit ihnen alle die von ihnen wissen. Wir müssen jeden Einzelnen vernichten ... ihre Spuren auslöschen«. Die

Stimme des Schamanen Ahama, einer der sieben Heth im Schamanenrat, klingt verächtlich. Er brach sich in frühester Kindheit das rechte Bein, hinkt seit diesen Tagen. Das verhinderte, dass aus ihm ein großer Krieger wurde. Er konnte trotz seiner Kraft nie den Kriegern folgen, eine Unfähigkeit, die in ihm nagte und bis heute Spuren hinterließ.

»Wissen Kaasi und Karusan davon?« fragt der Schamane Odoro, neben Melech der einzige Kumesch im Schamanenrat. Der Älteste, mit einer schwachen Stimme, die seinem Körper gleicht. Seine Stimme ist schwach, aber seine Worte gewichtig.

Jeder sucht nach einer Antwort. Melech erhebt seine Stimme, teilte als einstiger Konkurrent bei der Königswahl das gleiche Schicksal der Niederlage mit Häuptling Kaasi. Ihm kamen ähnliche, wenn nicht sogar die gleichen Gedanken in den Sinn.

»Nein, so etwas würde weder Häuptling Kaasi und noch weniger der Schamane Karusan dulden. Es zeigt aber, dass Gedanken welche die alte Ordnung in Frage stellen, auch ungewollte Früchte tragen.«

»Es ist ein Tabu, eines der größten Vergehen sich mit Arbel zu paaren. Sie beleidigen Jabijarie, selbst der Tod ist noch eine zu geringe Bestrafung«, spricht der Oberste Schamane mit einem raunen, dass einem Todesurteil gleicht.

»Wir brauchen die besten Krieger, damit dem ein Ende bereitet wird. Keine Gnade für die … die sich heute noch Kanis nennen. Sie verraten uns vor Jabijarie, und seine Wut wird uns alle treffen, wenn wir nicht handeln«, erklingt die Stimme vom Schamanen Makaraga, einem der drei Chem im Schamanenrat. Zustimmende Gesten und Wörter machen die Runde. Die schwachen mit Nachdruck gesprochenen Wörter von Odoro verschaffen sich Gehör

»Außergewöhnliche Maßnahmen …« Schweigen erfüllt den Raum. »Außergewöhnliche Bedingungen erfordern außergewöhnliche Maßnahmen … wir ernennen die besten der jungen Krieger … um ihre Zahl klein zu halten. Eine Prüfung für sie, nach deren Bestehen ernennen wir sie zu Hordenführern.« Der Körper von Odoro sackt in sich zusammen, als ließe er mit seiner Stimme all seine Kraft hinaus. Das Gesagte findet im gedämpften Stimmengewirr Zustimmung.

»Wir alle stimmen dir zu, Odoro« sagt Amcha, erfüllt mit dem Raunen seiner Stimme den Ratssaal.

»Außergewöhnliche Bedingungen erfordern außergewöhnliche Maßnahmen … und doch hoffe ich, dass Melech sich irrt. Aber ich fürchte, es ist die Wahrheit und deshalb müssen wir schnell handeln. Ich gehe sofort ins Palos und berichte Sonnenkönig Omab. Ich werde mich mit ihm beraten und unseren Vorschlag unterbreiten. Bis dahin und auch in aller Zukunft herrscht Schweigen über das hier Gesagte, es verbleibt für alle Zeiten in diesem Kreis.« Der Oberste Schamane Amcha spricht, erhebt sich und verlässt den Ratssaal und geht den Weg, der ihn zum Palos führt.

Am nächsten Morgen sitzt Sonnenkönig Omab neben Amcha im Kreis des Schamanenrates, soeben spricht Melech die letzten Worte seines Berichtes. Stille erfüllt die Ratshöhle, alle Augen der Schamanen richten sich im Halblicht auf Sonnenkönig Omab, der starrt mit seinem eigenen weit entrückten Blick auf Melech. Die Kette aus Tritonshorn-Muscheln und Löwenkrallen bewegt sich auf seiner Brust, Sonnenkönig Omab erhebt sich.

»Noch hoffe ich, dass das hier Gesagte nicht zutrifft. Doch wenn ein Tabu gebrochen wurde … dann müssen wir dieser Todsünde ein Ende bereiten. Dann sind die Seelen einiger Kanis verloren. Sie steigen nicht zu den Ahnen auf, sondern kehren zurück ins große Wasser, aus dem sie entsprangen und dort sind sie für alle Zeit verloren. Es ist ein weiteres Tabu, dass ein Kanis einen anderen Kanis tötet, doch diese wendeten sich von Jabijarie ab, verwirkten somit ihr Dasein als Kanis. So wie der Löwe die Hyäne tötet, so sind alle, die auch nur damit zu tun haben, des Todes.«

Sonnenkönig Omab schaut stumm in die Runde, fährt mit kräftiger Stimme fort »Eine Horde unserer besten und zuverlässigsten jungen Krieger wird dem ein Ende bereiten. Sie müssen eine Prüfung bestehen, über die sie niemals ein Wort sprechen dürfen, denn dies ist selbst ein Tabu und sollten sie das brechen, so sind auch sie des Todes.«

Zustimmendes Gemurmel erfüllt den Ratssaal, mit dem Nicken ihrer Köpfe bestärken die Schamanen ihre Zustimmung.

ГЛАВА 2

Die Prüfung

»Was wird passieren? Was wirst du tun oder wohin gehst du?« Kamil schaut mit weit aufgerissenen Augen in das von der Nacht verdunkelte Gesicht von Arrom und versucht darin etwas zu erkennen.

»Ich weiß es nicht. Gestern, nach dem Untergang von Mutter Sonne, sagte Leamis zu mir, dass ich mich in der Nacht alleine zum Palos begeben soll.«

»Hast du dir etwas zuschulden kommen lassen oder geht es um Sabum?«, fragt Kamil erneut mit fast flehender Stimme. Arrom schüttelt stumm seinen Kopf. »Du musst auf dich aufpassen. Deine Söhne brauchen dich«, sagt Kamil sanft, schmiegt sich dicht an Arrom, dass ihre aufrechten Körper in ihrer Hütte fast verschmelzen.

»Es wird nichts passieren, ich habe mir nichts zuschulden kommen lassen. Sicherlich bin ich bald wieder zurück«, flüstert Arrom, sein Blick fällt auf seine beiden schlafenden Söhne. Sabum murmelt im Schlafe. Arroms Hände umfassen die Schultern von Kamil, schaut ihr tief in die Augen. Er wendet sich ab, greift nach seinem Bündel mit der Steinaxt, dem Wassersack und vier Speeren, verlässt gebückt seine Hütte. Umgeben von einem schlafenden Kantis eilt er zum Palos. Arrom tritt ein, das Licht einer einzelnen Fackel erhellt schemenhaft das Palos. Er ist nicht alleine hier, er erkennt zwischen den Schatten der Holzsäulen einzelne Augenpaare, sie spiegeln seinen überraschten Blick. Es sind ihm bekannte Augenpaare von jungen Kriegern, groß und stark wie er selbst. Mit einigen war er bereits zur Jagd und mit allen teilte er die gemeinsamen Erfolge von Treibjagden. Arrom richtet seinen Blick zur Fackel in der Hand von Leamis. Der steht in einer Reihe neben Melech, Sonnenkönig Omab auf dem Elefantenthron und dem Obersten Schamanen Amcha. Leamis deutet mit der flachen Hand Arrom und zwei nach ihm eingetroffenen Kriegern, sich auf den Boden zu den anderen zu setzen. Weitere Krieger betreten das Palos, bis als Letzter von ihnen Mah eintritt. Auf seinem Gesicht zeigt sich das gleiche Erstaunen wie bei den anderen. Sein Mund formt sein gewohntes Lächeln, wissentlich an etwas Besonderem teilzuhaben. Er setzt sich neben Arrom,

»Du kannst wohl auch nicht schlafen?«

»Wir wählten euch als Horde aus«, beginnt Sonnenkönig Omab. Die Augenpaare von zwanzig jungen Kriegern blicken zu ihm auf. »Euch gehört unser Vertrauen.

Ihr seid die Besten der jungen Krieger, die Hoffnung der Kanis. Wir unterziehen euch einer Prüfung. Der Schamane Melech begleitet euch und Leamis wird euch führen. Sie werden uns über jeden berichten.«

Aufmerksam lauschen die Krieger den geflüsterten Worten von Sonnenkönig Omab. »Habt ihr die Prüfung bestanden, so ernenne ich euch zu Hordenführern. Doch keine Prüfung ist einfach und diese begleitet euch ein Leben lang. Denn zu niemandem, auch nicht untereinander dürft ihr jemals darüber sprechen. Ihr werdet von dieser Reise als andere zurückkehren als jene, die ihr hinausgezogen seid. Mögen Mutter Sonne und Vater Mond euch begleiten und beschützen.«

Die Stimme von Sonnenkönig Omab verstummt. Leamis löscht die Fackel in einer mit Wasser gefüllten Schale. Wortlos schreiten der Schamane Melech und der Hordenführer Leamis aus dem Palos hinaus, gefolgt von zwanzig jungen Kriegern. Sie schleichen durch das schlafende Kantis, weiter aus dem Tal hinaus. An der Stelle, an der Melech zwei Nächte zuvor stand, schaut Arrom zurück auf Kantis. Eingeschlossen in der Dunkelheit liegt Kantis im Tal, am fernen Horizont wechselt das Schwarz der Nacht in einen grauen Himmel.

Langsam erhellt sich der Himmel, noch bestimmt die Dunkelheit am Boden ihr Tempo, erst mit dem Erscheinen von Mutter Sonne am Horizont, steigern sie ihre Schrittfolge. Gekleidet mit einem weißen Fell um seine Hüfte, hält der kleine gedrungene Körper von Melech unter Mühen das Tempo mit. Er hält seinen Schamanenstab diagonal vor seinem Körper, gibt den niemals aus der Hand, sein Bündel trägt Leamis für ihn mit. Die Krieger sind es gewohnt, gleichmäßig atmend weite Strecken im Laufschritt zurückzulegen. Nur Melech keucht mit rotem Kopf, fällt trotz all seiner Bemühungen zurück. Leamis drosselt das Tempo, bis er mit den Kriegern wartend verharrt. Sobald Melech bei ihnen ankommt, laufen die ungeduldigen Krieger weiter und Melech fällt erneut zurück.

Mutter Sonne steht an ihrem höchsten Punkt, über einer mit niedrigen grünen Grasbüscheln übersäten Hochebene. Die Krieger sitzen im Schatten einiger Akazien, säumen das Ufer eines Trockenflussbettes. Mit Beginn der Regenzeit fließen von den nahen Bergen am Horizont einzelne Rinnsale und Bäche, vereinen sich zu diesem Fluss, der sichert das Überleben der Akazien und anderer Lebewesen. In der Trockenzeit lässt die Hitze die Luft flimmern, in der sich die verschwommene Silhouette von Melech, gestützt an seinen Schamanenstab, langsam nähert. Leamis lässt währenddessen zwei gerade gewachsene Äste von zwei Speerlängen schlagen und zu Holzstangen glätten. Die Krieger befestigen an den Holzstangen die Enden zweier mit Lederriemen zusammengenähter Schlaffelle.

Als Melech endlich den Schatten einer nahen Akazie erreicht, sinkt er erschöpft zu Boden. Leamis wartet nur so lange, bis Melech zu Atem kommt, geht zu ihm hinüber. Ihm folgen vier Krieger, jeder trägt ein Ende der Holzstangen auf seiner Schulter, dazwischen hängen die beiden verbundenen Schlaffelle in einer breiten Schlaufe kniehoch über dem Boden. Darüber verbindet ein weiteres Schlaffell als Schattenspender die Holzstangen.

»Das werde ich nicht tun«, ertönt die kreischende Stimme von Melech. Leamis redet davon unbeeindruckt weiter ruhig auf ihn ein. In seinem Leben stand Leamis bereits anderen brüllenden und fauchenden Lebewesen gegenüber. Es sind die Worte von Leamis, gepaart mit seinem erschöpften Zustand, die Melech dazu bewegen, sich in die Schlaufe der Trage zu setzen.

Die Krieger verlassen das ausgetrocknete Flussbett, bewegen sich, angeführt von Leamis, über die Ebene. Die Füße von Melech hängen schaukelnd über dem Boden. Größere Steine und dornige Büsche lassen ihn bald tiefer in die Schlaufe kriechen. Leamis erhöht ihren anfangs langsamen Lauf, sie eilen leichtfüßig im hohen Tempo über die Hochebene. Die Krieger tragen Melech abwechselnd, die Wechsel vollziehen sich bei gleichbleibend hohem Tempo.

Tag auf Tag verstärkt sich bei den Kriegern der Eindruck, die Prüfung besteht darin, den Schamanen Melech durch das Reich Mabel zu tragen. Keiner wagt es, sich zu beklagen oder nachzufragen.

Jeden Abend ziehen sich Leamis und Melech außer Hörweite zurück, sprechen verschwiegen miteinander. Augenblicke später setzen sich beide an die Feuerstelle, halten Abstand voneinander, als stritten sie sich gerade. Mit ihrem Schweigen am Feuer legt sich eine Spannung auf die Krieger nieder, keiner wagt es, sie anzusprechen. Die zuvor fröhlichen Krieger verstummen fast gänzlich.

ГЛАВА 3

Das erste Tabu

Am zwölften Tag ihrer Reise nähern sie sich dem Grenzland, das zuvor wenige Grün der Vegetation wandelte sich in ein Gelb und Grau. Vor ihnen breitet sich eine sanft hügelige Landschaft aus, überzogen mit niedrigen grauen Sträuchern, wachsen vereinzelnd auf einem blendenden, mit kleinen Steinen übersäten Boden. Dahinter erhebt sich über die Landschaft die Bergkette des Weißen-Gebirges, wie ein schmaler und hell leuchtender Streifen vor dem blauen Horizont. Über all dies gleiten die Augen der Krieger, sie sitzen eng beieinander im Schatten einer einsamen Akazie mit buschiger Krone, deren schräger Stamm erhebt sich trotzig aus dem trockenen Boden. In einigen Schritten Entfernung sitzt Leamis mit Melech zusammen, über ihnen spannt sich ein Schattenspender, errichtet aus einigen Speeren, den Stangen und den Fellen der Trage. Sie zogen sich dorthin zur Beratung zurück, während der Wind ihre Worte fortträgt. Kein Wort dringt zu den Kriegern.

»Was für eine Prüfung, einen Schamanen durchs halbe Reich Mabel zu tragen. Meine Schultern schmerzen, aber das ist noch nicht das Schlimmste. Wenn er bloß aufhören würde, Lieder in diesem grässlichen Ton zu singen.«

»Sei froh, Arrom, dass es der kleinste und leichteste Schamane ist, stell dir vor, Amcha würde uns begleiten. Dann würde deine Schulter jetzt bluten und besser singen kann er auch nicht.« Mah lächelt Arrom zu, unvermittelt erhebt sich seine Stimme

»Schau nur dort.« Mah deutet mit seiner Hand auf drei kleine Vögel, sie fliegen in einigen Schritten Entfernung zwitschernd und tanzend über den Boden.

»Mula, die Glücksbringer«, ergänzt Arrom. Unermüdlich werben die beiden Männchen mit ihren weißen Köpfen um das schwarze Weibchen. »Wer weiß, wie viel Glück …«

»Krieger, hört mir zu«, unterbricht laut die hohe Stimme von Melech. Er steht dicht bei den Kriegern. »Eure Prüfung steht kurz bevor. Ihr sollt jetzt erfahren, worin eure Aufgabe besteht.«, Melech schaut zu Leamis hinüber, steht abseits neben ihm.

»Kanis erzürnen Jabijarie«, sagt Leamis, »sie brechen Tabus. Wir müssen der Strafe von Jabijarie zuvorkommen. Eure Aufgabe ist es, den Tabubruch zu bestrafen und ihr werdet dafür töten. Kanis werdet ihr töten.« Leamis unterbricht, sein Blick gleitet über die Gesichter

»Ihre Seelen sind verloren, doch retten wir unsere und die aller Kanis. Jeden, auf den auch nur der Verdacht fällt, dass er ein Tabu brach, müssen wir töten.«

»Jeder, ob Arbel oder Kanis, egal welchen Geschlechts oder welchen Alters, ist ohne Ausnahme des Todes, denn sie begehen eine Todsünde«, fügt Melech hinzu.

»Zu niemandem und zu keiner Zeit dürft ihr über das hier Geschehende sprechen, auch niemals untereinander. Es sei denn der Sonnenkönig Omab oder der Schamanenrat befragt euch dazu. Ihr wurdet ausgewählt, weil ihr die besten jungen Krieger seid, erfüllt eure Aufgabe ohne zu zögern.« Leamis beendet mit ernstem Blick seine Ansprache. Wendet sich ab, schaut über die sich sanft wiegende Bergkette des Weißen-Gebirges, dessen Kontur sich über die ganze Breite des Horizonts ausdehnt, sie tauchen am Ende in die Landschaft ein. Die Falte zwischen Leamis schmalen Augen gräbt sich tief in seine Haut.

»In vergangenen Tagen betraten Krieger das Weiße-Gebirge, doch sie wendeten sich von dem trostlosen Gebirge wieder ab. Ihre alten Erzählungen berichten von einer Wasserstelle. Dort finden wir sicherlich weitere Hinweise.« Leamis deutet auf eine kleine schemenhafte Einkerbung, sie taucht in die Bergkette des Weißen-Gebirges ein. Die Krieger erheben sich, treten aus dem Schatten der Akazie, folgen Leamis in die Richtung seines zuvor ausgestreckten Armes. Vier Krieger schultern die Trage, warten auf Melech.

»Nein, Nein. Jetzt müssen wir uns vorsichtiger und langsamer bewegen.« Melech wehrt mit einer ärgerlichen Handbewegung ab. Ohne ein Wort lassen die vier Krieger die Trage zu Boden fallen. Mit gemäßigten Schritten gehen die Krieger zwischen den weit verstreuten niedrigen grauen Sträuchern. Ohne große Anstrengung folgt ihnen Melech über den mit kleinen Steinen übersäten Boden.

Mutter Sonne nähert sich seitlich dem Horizont, die Landschaft flachte zu einer Ebene ab, aus der sich vereinzelt felsige Rücken erheben, die ersten Vorboten des Weißen-Gebirges. Von einer dieser Felsrücken schaut Leamis mit Melech und den Kriegern weit über die Ebene.

»Wir sind auf der richtigen Fährte«, sagt Leamis. All ihre Augen starren auf die Karawane, die nähert sich vom Weißen-Gebirge.

»Ja«, sagt Melech knurrend »aber diese Karawane gehört hier genauso wenig hin, wie ein zappelnder Fisch.«

Den Felsrücken hinabsteigend, treten sie der Karawane direkt entgegen. Zögerlich nähert sich die Karawane den schemenhaften Konturen, die auf einem flimmernden Boden Schatten werfen.

Einen Speerwurf voneinander entfernt bleiben die beiden Gruppen stehen. Leamis rafft sein Schlaffell über eine Schulter zusammen, verdeckt seine Schmucknarben, damit ihn niemand sofort erkennt. Er tritt der Karawane alleine entgegen, aus der, ihm ein Heth nähert. Leamis zählt zehn Krieger der Heth und zwanzig Träger der Chem, eine kleine Karawane. Ihr Weg führt sie in Richtung des Salzclans. Die Chem tragen kleine Beutel, keine Waren zum Tausch oder Salz auf ihren Rücken.

Leamis bleibt stehen, mittig zu den beiden Gruppen. Schaut zwei Schritte vor ihm auf einen jungen Krieger der Heth. Wenn er auch nicht alle Hordenführer kennt, glaubt er nicht, vor einem zu stehen. Beide kreuzen ihre Speere.

»Wie geht es?« beginnt Leamis die Begrüßungszeremonie.

»Gut, Mutter Sonne sei Dank. Und euch selbst?«

»Es geht mir gut, Mutter Sonne sei Dank«, antwortet Leamis, »Alle gesund?«

»Alle gesund und bei euch?«

»Alles zum Besten. Wie verläuft eure Reise?«, fragt Leamis weiter.

»Gut, und bei euch selbst?«

»Gut, und woher kommt ihr?«

»Wir kommen vom Großen Salzwasser, fünf Tage von Ma entfernt. Woher kommt ihr?«

»Wir sind auf der Durchreise und wie gehts mit dem Handel und der Ware?«

»Gut und ...« der Heth bricht seinen Satz ab. Er kann bei Leamis keine Chem oder Waren entdecken und woher sein Gegenüber kommt, erfuhr er bisher auch nicht.

»Gut. Sonst läuft alles gut«, antwortet Leamis, noch bevor der Heth seinen abgebrochenen Satz beendet.

»Ja«, antwortet der Heth knapp und Leamis ergänzt ohne Mutter Sonne zum Schluss der Begrüßungszeremonie zu erwähnen.

»Das ist gut.«

Die Begrüßungszeremonie soll dazu dienen, ein unbefangenes Gespräch zu beginnen. Stattdessen verharren sie für einen Augenblick im gegenseitigen Schweigen, der junge Heth weicht mit gesenkten Augen dem scharfen Blick von Leamis aus.

»Ihr habt euch weit von eurem Weg entfernt«, bricht Leamis das Schweigen.

»Ihr kennt den Weg nicht so gut wie wir, dort drüben befindet sich eine Wasserstelle, zu der sich der Weg lohnt.« Der Heth deutet mit seinem Speer zurück, in die Richtung, aus der sie kamen.

»Auf eurem Wege waren viele Wasserstellen, warum seid ihr zu dieser, der weitesten, gegangen?«

»Ja, aber wie ihr wisst, kann man an jeder Wasserstelle Handel treiben und Handel ist der Grund unserer Reise.«

»Mit wem habt ihr dort Handel getrieben? Hier am äußersten Rand des Reiches Mabel?« Während des Gesprächs näherten sich Leamis Krieger langsam in weiten Bögen von beiden Seiten der Karawane. Sie halten ihre Speere locker zum Wurf bereit. Der Blick des Anführers der Karawane schaut nervös umher,

»Mit wem genau habt ihr Handel getrieben?« Leamis lässt nicht locker.

»Ihr habt Tabus von Jabijarie gebrochen«, ertönt laut die helle Stimme von Melech. Er, verbarg sich zuvor hinter den Kriegern und nähert sich mit schnellen Schritten und drohendem Schamanenstab Leamis und dem jungen Heth. Für einen Augenblick starrt der junge Heth den Schamanen Melech an, wenn er ihn auch zuvor noch nie sah, so erkennt er ihn. Weicht einen Schritt zurück, wendet seinen Kopf, schreit

»Lauft!« aus ganzer Kehle wendet mit erhobenem Speer sich sofort Leamis zu. Leamis stößt mit seinem Speer zu, mit einem Stöhnen fällt der Heth zu Boden. Die überraschten Heth der Karawane zögern, ihrerseits den Speer zu werfen. Die Speere der sich nähernden Krieger surren, dumpfe Aufschläge folgen, unter Schmerzensschreien fallen Heth zu Boden. Die Chem lassen ihre Beutel fallen, wenige versuchen, mit ihren Steinäxten zu kämpfen. Viele fliehen, andere laufen mit offenen Armen in die Speere, entgehen so der Schande. Nach einem kurzen Kampf sind alle tot oder liegen im Sterben am Boden. Arrom presst mit seinem Fuß einen toten Chem auf den Boden, zieht mit einem kurzen Ruck seinen Speer hinaus. Legt den Speer mit der blutigen Speerspitze neben die anderen drei blutverschmierten Speere, sinkt daneben auf den Boden. Mah kommt, lässt seinen Körper auf den Boden fallen.

»Sie waren uns unterlegen. Keiner von uns wurde verletzt oder getötet.« Arrom hört die Worte von Mah nicht, seine Augen beobachten Melech, der kniet über einem Heth, schreit ihn an: »Wo, sag mir wo?«

Der Körper des Heth erzittert und erstarrt für immer.

»Lebt noch einer?«, ruft Melech mit erhobenem Kopf sich umschauend. Überall fließt das letzte warme Blut der Heth und Chem auf den harten Boden. Die Toten liegen weit verstreut auf der Ebene, dazwischen Krieger, die ihre Speere einsammeln. Ein Krieger nach dem anderen gesellt sich zu Arrom und Mah, sie starren stumm auf den Boden. Sind erschöpft, nicht vom Kampf, sondern von der Tatsache, dass durch ihre Speere Kanis zu Tode kamen. Wenn es ihnen Sonnenkönig Omab und der Schamanenrat auch befahl, brachen sie doch ein Tabu. Das erste Tabu, das jeder Kanis von klein auf lernt: Nie darf ein Kanis einen anderen töten.

Leamis tritt zu den Kriegern, hält in der einen Hand einen von den Chem fallen gelassenen Beutel, gefüllt mit Tritonshörnern, holt eine Handvoll hinaus, betrachtet sie.

»Ihre Gier hat sie umgebracht«, knurrt er, sein Blick schweift zum wolkenlosen Himmel. »Sie müssen verschwinden. Noch haben keine Aasgeier sie entdeckt.«

»Ja, aber sie haben sich schwer vergangen«, Melech tritt neben Leamis. »Wir verbrennen sie nicht, ihr Platz ist nicht bei den Ahnen. Ihre Seelen sind verdammt, sie werden sich in dem Wasser verlieren, aus dem sie entsprangen.« Sein verächtlicher Blick schweift über die Toten. »Dort, der schmale Graben«, ergänzt Melech, seine Finger krallen sich wie die Klauen eines Raubvogels zusammen. Er weist auf die in einigen Schritten entfernte Spalte im Boden, »Werft sie mit allem hinein. Bedeckt sie mit Steinen und Sand, damit sie dort verfaulen und verrotten.«

Noch bis zur endgültigen Dunkelheit nutzen sie das Licht des Himmels, entfernen sich schnellen Schrittes möglichst weit von den toten Heth und Chem. Die Krieger sind erfasst von einer tiefen, kindlichen Angst. Davor, dass die verlorenen Seelen der Toten nachts über sie herfallen und sich ihrer bemächtigen.

ГЛАВА 4

Die Fährte

Am nächsten Tag endet die weite Ebene, vor ihnen zeichnet sich das Weiße-Gebirge ab. Steile, leuchtend weiße Felshänge erheben sich vor ihnen in schwindelnde Höhen, an denen sich wie große Fischschuppen einzelne Felserhebungen anlehnen. Von Weitem kennzeichnet eine halbmondförmige Einkerbung im Rücken des Weißen-Gebirges den Eingang zu einer Schlucht. Sie öffnet sich vor ihnen als tiefer, breiter Schlund, dort hinein führt die kaum noch erkennbare Spur der getöteten Karawane. Leamis schreitet voraus in den Schatten der Schlucht, steile Felswände erheben sich zu beiden Seiten, von denen nur der obere Rand der rechten Felswand im hellen Licht der geneigten Mutter Sonne leuchtet. Sie folgen der sandigen Schlucht mit ihren zahlreichen Biegungen, wo an mancher Stelle die steile Felswand einem schräg abfallenden Geröllhang wich. Sie erreichen im schwachen Dämmerlicht des Himmels die Wasserstelle, einen kleinen runden See, der schmiegt sich dicht an eine weite Biegung der

Schlucht. Ein breiter Felsüberhang ragt bis über die Mitte des Sees hinaus, beschattet die glatte Wasseroberfläche. Die Krieger hocken sich in den Sand, neigen ihre Köpfe zum Wasser. Auch Melech widersteht dem klaren und kühlen Wasser nicht. Nur Leamis stillt nicht seinen Durst, umkreist den See. Tritt unter den in die Schlucht hinausragenden Felsüberhang. Die abfallende Felsdecke überragt Leamis in der Höhe um das Doppelte, er begibt sich weiter hinein, auf einen ansteigenden Boden, der zusammen mit der abfallenden Decke eine verjüngende Höhle formt. Leamis verharrt in der Mitte, erkennt deutlich die Spuren häufigen Lagerns. Auf der schrägen Decke sind Zeichnungen in den Felsen geritzt, die auf die Befürchtungen des Schamanenrates deuten. Schlanke männliche Figuren zeigen mit erigierten Penissen auf gedrungene weibliche Figuren mit breiten Hüften und großen Brüsten.

Wie viele vor ihnen errichten die Krieger mit Leamis und Melech ihr Lager unter dem Felsüberhang. Sie verbringen eine Nacht, in der nur wenige Feuerstellen der Ahnen, zwischen den aufragenden Felswänden am Himmel über ihnen leuchten.

Mit dem grauen Himmel verblassen die Feuerstellen der Ahnen. Leamis schickt drei Krieger zum Eingang der Schlucht. Erkundet zusammen mit sechs Kriegern den Rest der Schlucht bis zu einem breiten Tal, aus dem mehrere Pässe hinausführen. Dort lässt Leamis drei Krieger zurück, damit die Posten es melden, sobald sich jemand der Schlucht und Wasserstelle nähert.

Die folgenden Tage verbringen sie am tiefblauen See im weit hinausragenden Schatten des Felsüberhanges. Die Krieger verdrängen das Erlebte auf der Ebene vor dem Weißen-Gebirge, nutzen die Tage zum Jagen der kleinen Felsbewohner oder zum Sammeln der wenigen Wurzeln und Früchte. Ihre Gespräche klingen wieder fröhlich, ihr Lachen hallt zwischen den Felswänden. Am Morgen des fünften Tages kommt Mah in den Schatten des Felsvorsprunges gelaufen, unter dem Leamis sitzt.

»Leamis, es kommen fünf Krieger über die Ebene.«

»Folgen sie unseren Spuren?«

»Nein, sie kommen aus einer anderen Richtung, die der schwarzen Berge.«

»Gut, dann ahnen sie nichts.« Leamis richtet sich auf. »Holt die Wachposten und verwischt alle Spuren, wir beobachten sie von der Felswand aus.«

Gut versteckt hinter einem Felsen, beobachten die Krieger und Melech von einer Anhöhe an der gegenüberliegenden Felswand den halben See mit dem darüberliegenden Felsüberhang. Mit durch die Schlucht hallendem Lachen nähern sich die fünf Krieger. Sie scheinen arglos, sie kennen die Wasserstelle gut, trinken aus dem See, ziehen sich in den Schatten unter dem Felsüberhang zurück. Dorthin, wo zuvor Leamis mit seinen Kriegern und Melech die Tage verbrachten. Langsam bedecken die Schatten die Schlucht, Mutter Sonne verschwindet hinterm Horizont. Dunkelheit verhüllt den See in der tiefen Schlucht. Kein Geräusch der unterm Felsüberhang verborgenen fünf Krieger ist aus der Schlucht zu hören.

»Sicherlich schlafen sie. Wir können sie überraschen und überwältigen«, flüstert Melech mit Blick zu Leamis, der neben ihm hinter einem Felsen den See beobachtet.

»Nein, was würde es nützen?«, erwidert Leamis »Sicherlich haben sie eine Wache aufgestellt. Wir müssten mit ihnen kämpfen. Und selbst, wenn wir zwei oder drei gefangen nehmen. Sie würden uns nichts verraten und wir müssten sie töten. Danach warten wir erneut. Nein, wir warten ab und folgen ihnen.«

Eine kühle Nacht neigt sich dem Ende, langsam erwärmt Mutter Sonne die Körper von Mah und Arrom. Beide beobachten als letzte Wache der vergangenen Nacht, den See mit dem Felsüberhang. Langsam erwachen die zwischen den Felsen kauernden Krieger und auch Melech. Unten am See rührt sich nichts, kein Geräusch gelangt zu ihnen hinauf.

»Jetzt wäre der richtige Augenblick, aufzubrechen. Noch ist es kühl«, flüstert Arrom Mah zu. Leamis nähert sich vorsichtig, verbirgt sich neben Mah und Arrom hinterm Felsen. Sein kritischer Blick richtet sich auf den ruhigen See. Sie verharren gemeinsam und beobachten.

Mutter Sonne steht hoch überm Horizont, keine Bewegung ist zu erkennen. Niemand verlässt den Schatten, keine Bewegung kräuselt den glitzernden See. Tief fliegende Vögel trinken im Flug aus dem See, bilden kleine auseinanderstrebende Ringe auf der Wasseroberfläche.

»Was ist da unten los, habt ihr nicht richtig aufgepasst? Sind sie uns entwischt?«, fragt Melech ungeduldig, fast schon zu laut, ohne seinen Blick vom See abzuwenden.

»Wir müssen handeln«, wendet sich Leamis an seine Krieger. Er, teilt sie in Gruppen auf. Weist vier an, sich auf dem Felsüberhang oberhalb des Sees aufzustellen. Jeweils sechs nähern sich von beiden Seiten der Schlucht der Wasserstelle. Leamis verbleibt mit Melech sowie vier Kriegern oben beim Felsen. Die drei Gruppen bewegen sich lautlos oberhalb der Schlucht, darauf bedacht, keinen Lärm zu verursachen oder einen Stein ins Rollen zu bringen. Vorsichtig mit dem Speer zum Wurf bereit, nähern sich die Gruppen von beiden Seiten der Schlucht der Wasserstelle. Arrom führt die Gruppe an, zu der Mah gehört, man nähert sich von der Talseite her dem See. Sie entdecken bereits beim Abstieg eine Spur, die von der Wasserstelle wegführt. Arrom lässt einen Krieger zurück, der sie warnt, sollten die fünf Krieger zurückkehren. Oder es besteht noch die Möglichkeit, dass welche zurückgeblieben sind. Ihre

Enttäuschung ist groß, niemand ist mehr im Schatten des Felsüberhanges oder am See.

»Im Schutz der Dunkelheit sind sie aufgebrochen«, zischt Melech, starrt Leamis an. »Wir hätten sie doch in der Nacht gefangen nehmen sollen.«

»Vielleicht haben sie uns bemerkt und sind geflohen oder sie wollten so früh aufbrechen, dass wir es nicht bemerkten?«, entgegnet Leamis. Melech stochert mit seinem Schamanenstab in dem Sand mit den zurück-gelassenen Spuren. Er wütet.

»Ihr habt Schuld. Ihr habt nicht aufgepasst oder seid gar eingeschlafen?« Er kneift sein linkes, hängendes Auge fasst zusammen, es erweckt den Eindruck, sein verzogener Mund rutscht noch weiter ab, richtet dro-hend seinen Schamanenstab auf Arrom und Mah.

»Wir haben Spuren entdeckt, sie sind der Schlucht gefolgt«, erwidert Arrom.

»Könnt ihr der auch folgen und uns zum Ziel brin-gen?«, fragt Melech.

»Arrom und Mah, ihr geht weit voraus und folgt der Spur«, sagt Leamis, drückt den Schamanenstab von Melech hinunter. »Ihr hinterlasst für uns Zeichen, so-dass wir euch folgen können. Solltet ihr auf die fünf Krieger treffen, seid ihr nur zu zweit und keine Bedro-hung für sie. Dann versucht zunächst, ihr Vertrauen zu gewinnen, oder haltet sie so lange auf, bis wir zu euch stoßen.«

»Wir folgen der Spur und hinterlassen für euch Spuren«, wiederholen Arrom und Mah. Wenden sich sofort ab, machen sich auf, entkommen dem wütenden Blick von Melech.

Der sandige Boden der Schlucht macht es Arrom und Mah einfach, der Spur zu folgen. In einem breiten Tal weicht der Sand einem steinigen Geröll, ihre Blicke gleiten über das Geröllfeld, suchen nach Hinweisen, über welchen Pass die Spur der fünf Krieger weiterführt. Folgen ihrem Instinkt, der führt sie über den richtigen Pass, mit weiterführenden Spuren in einer folgenden Sandpassage, zwischen schräg aufragenden Felsen gelegen. Leamis, Melech und die übrigen Krieger folgen in einem weiten Abstand außerhalb der Sichtweite von Arrom und Mah. Die ihrerseits Hinweise für die Folgenden hinterlassen. Sie folgen der Spur durch ein Labyrinth von breiten Tälern, schmalen Schluchten mit hohen, versperrenden Felsbrocken und aufragenden Pässen.

Leamis führt die Krieger und Melech an, sie überschreiten einen der vielen Pässe. Schauen von dort oben auf ein breites Tal, mit hohen Bergen und steilen Geröllhängen. Entdecken Arrom und Mah, suchen am Grund zwischen Geröll und Steinen nach Spuren. Zwei niedrigere und zwei hohe Pässe führen aus dem Tal.

»Sind die beiden zu nichts zu gebrauchen?«, zischt Melech verächtlich. Leamis hebt gegenüber Melech seine Hand, hockt sich mit Blick auf das Tal auf die Fersen. Die Krieger machen es ihm gleich, auch Melech hockt sich nach einem Augenblick des Zögerns auf seine Fersen. Als Schamane ist ihm die Geduld und Gelassenheit eines Kriegers fremd. Leamis hört erneut Melechs Stimme von hinten:

»Schau dir den Mah an, ziellos wie ein Perlhuhn.«

Leamis reagiert nicht auf Melech, beobachtet Arrom, der seinen Arm hebt. Der hat am Hang zum höchsten Pass eine kleine Blutspur entdeckt. Von einem der fünf Krieger, der hat sich an einem scharfen Stein die Fußsohle aufgeschnitten. Tief genug, dass das Blut tropfte. Eine Spur, für Arrom und Mah leicht zu folgen. Wahrscheinlich bemerkte der Krieger die Wunde nicht einmal.

»Wenigstens hat einer den Instinkt eines Schakals und die Augen eines Adlers«, kommentiert Melech, während seine Augen Arrom folgen, der überschreitet mit gesenktem Oberkörper den Pass. Ungeduldig wartet Melech, zwingt sich, nicht hinterherzueilen. Gibt seinem Drang erst nach, als Leamis mit einer Handbewegung die Krieger auffordert Arrom und Mah langsam zu folgen. Mutter Sonne verschwindet hinterm Horizont, die beiden Krieger stehen an der Kante eines felsigen Steilabbruches. Ihre Blicke schweifen über eine weite Ebene, hinter der sich ein weiterer Ausläufer des Weißen-Gebirges verschleiert in den Himmel emporreckt.

In der Mitte der Ebene ragt ein großer Tafelberg mit senkrecht abfallenden Felswänden heraus, dessen Abhänge aus Felsgeröll in die Ebene auslaufen.

»Ich glaube, Rauch zu erkennen. Ja … oben vom Tafelberg steigt Rauch auf«, sagt Arrom, als Leamis und Melech neben ihm stehen.

»Hier führt auch ein Pfad hinunter.« Mah deutet mit seiner Hand zwischen den Felsen des Steilabbruches entlang. Einem Steilabbruch, der wie die Kontur des Tafelberges, in die Ebene ausläuft. Mit Felsbrocken, die sich am Fuß des Abhanges auf einem hellen Boden verlieren, durchzogen mit ausgewaschenen Furchen, entstanden beim letzten großen Regen. Die Furchen laufen schlängelnd in einer Ebene aus, bewachsen mit wenigen weit verstreuten Akazienbüschen.

»Wo steigt Rauch auf?«, fragt Melech ärgerlich, formt sein rechtes Auge zu einem Sehschlitz.

»Nicht jeder hat die Augen eines Adlers«, bemerkt Leamis beiläufig, folgt einige Schritte dem steilen Pfad zwischen den Felsen hinunter, wendet sich seinen Kriegern zu. »Wir gehen weiter. Wenn wir in Sichtweite sind, verbirgt uns die Dunkelheit.«

Leamis geht voran, zwischen den kantigen Felsen dem sich zur Ebene windenden schmalen Pfad hinunter. Sie schwärmen, am Fuße angekommen auseinander, tauchen in die Landschaft ein.

ГЛАВА 5

Der Tafelberg der Schande

Sie nähern sich dem Tafelberg, über ihnen entzünden die Ahnen ihre ersten Feuerstellen am verblassenden Himmel. Eine Nacht, in der die ersten Wolken seit vielen Tagen aufziehen. Verdunkeln die Feuerstellen der Ahnen und den schmalen Streifen von Vater Mond.

»Vater Mond und die Ahnen beschützen uns. Sie hüllen uns in Dunkelheit«, flüstert Melech mit angehobenem Kopf zu sich selbst. Lenkt seinen Blick erneut auf den Tafelberg, erkennt den schimmernden Schein von Feuerstellen auf dem Plateau. Melech fand den Ort seiner Suche, dem er sich gemeinsam mit den aufgefächerten Kriegern nähert. Sie schauen im Schutz der Dunkelheit zu der vor ihnen steil aufragende Felswand hinauf, deren Kante sich vor dem hellen Schein der Feuerstellen abzeichnet. Schleichen ohne Worte am Fuß des Tafelberges entlang, stoßen auf einen an der steilen Felswand hinaufführenden Pfad. Leamis schart seine Krieger und Melech um sich.

»Ihr wartet hier, ich gehe allein voraus. Noch erwarten sie uns nicht, aber sie haben bestimmt irgendwo auf dem Pfad Wachen aufgestellt.« Mit einem Knacken bricht Leamis die Spitze eines Speeres unterarmlang ab, bindet sich sein Schlaffell eines Ku um den Hals, verbirgt darunter seinen linken Arm mit dem halbierten Speer in der Hand. »Melech, du singst drei Mal das Lied über die Säbelzahnkatze«, flüstert Leamis. Wendet sich an seine Krieger »Danach folgt ihr mir langsam und vorsichtig. Wenn ich zweimal wie ein Schakal heule, dann seid unbesorgt. Wenn nicht, müsst ihr auf einen Hinterhalt vorbereitet sein, dann kämpft und tötet alle.« Leamis schaut in die Runde seiner Krieger, wendet sich dem Pfad zu. Die Speerspitze dicht an seinem Arm vom Fell verdeckt, folgt Leamis dem Pfad hinauf.

»*Die Säbelzahnkatze so groß, so mächtig*«.

Singt Melech mit gedämpfter Stimme.

»*Sei auf der Hut, nimm dich in Acht vor ihrer Nase, so groß wie eine Faust.*
Wo du stehst und gehst, erkennt sie deinen Geruch.
Sie folgt dir geschwind, denn du bist für sie wie ein Kind.

Die Säbelzahnkatze, so groß so mächtig.
Sei auf der Hut, nimm dich in Acht vor ihren Fangzähnen,
so groß wie dein Dolch …«

Der leichte Wind vertreibt nach wenigen Schritten die Stimme von Melech. Leamis folgt stolpernd einem steinigen Pfad, lässt sich unter lautem aufstöhnen fallen. Schont seinen Körper nicht, reißt seine Haut im Sturz auf, bis Blut und Dreck sich vermischen. Der aufgewirbelte Sand legt sich über seinen Körper, bedeckt sein Gesicht. Er kratzt mit einem rauen Stein seine Haut von der Schläfe über die Wange bis zum Mund auf. Steigt mit Lärm und erschöpft den Pfad hinauf, darauf gefasst, dass ihm eine Wache den Weg versperrt. So hilflos sein Anblick erscheint, so angespannt ist sein Inneres, wie eine Raubkatze, bereit zum entscheidenden Sprung. Der Pfad schmiegt sich dicht an die Felswand, führt Leamis näher an die Kante des Tafelberges. Der Pfad macht eine starke Biegung, er ist dem Plateau des Tafelberges mit seinem hellen Schein ganz nahe.

»Halt, wer seid ihr?«, ruft eine Stimme. Leamis schaut kurz auf, erkennt die Kontur zweier hoch gewachsener Heth vor der hellen Felswand. Der eine steht leicht links vor ihm, mit zum Wurf bereiten Speer, der andere mit Abstand ihm gegenüber. Leamis lässt sich mit einem Stöhnen auf seine Knie fallen, sein Oberkörper sackt in sich zusammen. Hält mit fester linker Hand unter dem Ku-Fell den verdeckten, halbierten Speer fest.

»Wo kommt der denn her?«, bemerkt einer der beiden Heth, nähert sich bis auf eine Speerlänge. Der

Oberkörper von Leamis fällt nach vorn, gehalten von einem kraftlosen rechten Arm.

»Hörst du nicht, wo kommst du her?«, hört Leamis ganz nah die an ihn gerichtete Frage.

Mit dem Speer zum Wurf bereit, streift ihm der erste Heth mit der Hand das Fell vom Oberkörper. Der zweite beobachtet neugierig, mit leicht schrägem Kopf. Mit einem Satz springt Leamis auf, drückt den Speer zur Seite, rammt die Speerspitze unterhalb der Rippen direkt in das Herz des Heth. Ein Stöhnen. Noch bevor der zusammenbricht, springt Leamis auf den zweiten Krieger. Der ist davon überrascht und bringt nur noch einen gepressten Laut über seine Lippen. Schafft es nicht mehr, seinen Speer anzuheben. Die Hände von Leamis ziehen sich fest um seinen Hals, reißen den Heth zu Boden, dem gleitet der Speer aus der Hand. Verzweifelt greifen Hände um Leamis Handgelenke, dagegenhaltend drückt Leamis die Luftröhre fester zu. Ein Röcheln ertönt, die Hände lösen sich, schlagen als Fäuste auf Leamis ein. Die ungenauen Schläge zeigen keinerlei Wirkung. Der Oberkörper bäumt sich auf, die Beine bewegen sich wild, gehen in Zuckungen über. Der Körper erschlafft, der Kopf kippt lautlos zur Seite. Leamis behält seine Hände fest am Hals, seine Augen schweifen umher. Auf der kleinen, von Felsbrocken umringten Ebene, brennt keine Feuerstelle. Sein Blick verharrt auf einer im weißen Felsen klaffende, dunkle

Spalte. Vermutet dort einen Aufgang zum Plateau des Tafelberges. Keine weiteren Wachen befinden sich in der Nähe, niemand tritt aus der Felsspalte hervor.

Leamis steht auf, den Blick auf die Felsspalte gerichtet, greift sich einen nach dem anderen leblosen Körper, schleift sie hinter die Felsen zu beiden Seiten der kleinen Ebene. Er erkundet die leicht abfallende Ebene, sammelt die beiden Speere der toten Wachen. Entdeckt vier weitere Speere neben der Felsspalte an die Felswand gelehnt. Versteckt sich, mit den sechs Speeren und den Blick auf die Felsspalte gerichtet, hinter einem hüfthohen Felsen. Lauscht atemlos in die Dunkelheit hinein, weder vom Pfad noch von der Felsspalte dringen Geräusche an seine Ohren, nur der Wind flüstert ihm leise zu.

Ein schimmernder Schein fällt von der Kante des Tafelbergs, erhellt die kleine Ebene. Leamis hält den Atem an, leise Geräusche ertönen. Seine Augen fixieren die Felsspalte, aus der ein Schimmer stetig heller hervorleuchtet. Mit einer Fackel tritt die Gestalt eines Heth aus der Felsspalte, torkelt auf die Ebene hinaus. In der anderen Hand eine Kalebasse, den Kopf schüttelnd nach unten geneigt, hört Leamis ihn lachend sprechen.

»Das glaubt ihr nicht, wenn ich euch das erzähle ...« Er bricht abrupt seinen Satz ab, Kalebasse und Fackel fallen zu Boden. Schaut mit ungläubigen Augen auf den Speer in seinem Brustkorb, kippt mit einem Stöhnen nach hinten. Hirsebier fließt zu den Füßen des leblosen Körpers aus der Kalebasse.

Leamis verharrt still, mit jeder Faser seines Körpers zum Kampf bereit, fixiert mit seinen Augen die dunkle Felsspalte, mit einem weiteren Speer zum Wurf bereit. Niemand folgt, Leamis springt über den Felsen, greift sich die Kalebasse, löscht mit dem Hirsebier die lodernde Fackel. Dunkelheit legt sich über die kleine Ebene, nur der Wind flüstert ihm erneut zu.

Doch da ist noch ein anderes Geräusch. Gebückt bewegt Leamis sich rückwärts zurück zum Felsen. Hat man ihn bemerkt, woher kommen die Geräusche? Er bewegt seinen Kopf langsam hin und her, ist sich sicher, die Laute kommen vom Pfad. Zweimal ahmt Leamis das Heulen des Schakals nach, wenige Herzschläge später antwortet das zweifache Heulen des Schakals. Langsam und vorsichtig kommen die dunklen Gestalten seiner Krieger die Biegung hinauf. Wortlos deutet Leamis ihnen, den toten Heth hinter den Felsen zu verbergen und sich am Rand der Ebene sowie am Felsen neben der Felsspalte aufzustellen. Nur Melech bleibt in der Mitte der kleinen Ebene stehen, bis Leamis ihn hinter den Felsen führt, wo er sich zuvor verbarg.

»Warte hier auf uns. Wenn wir alle getötet haben, lasse ich dich holen. Wenn wir scheitern, musst du alleine zurückkehren. Am besten zum nächsten Salzdorf«, flüstert Leamis, übergibt Melech einen Speer. Melech schaut Leamis erstaunt mit zusammengezogenen Augenbrauen an. Nicht gewohnt, von einem Krieger gesagt zu bekommen, was er tun soll, auch nicht von Leamis dem Säbelzahntöter.

»Keine Gnade, ihr dürft niemanden verschonen. Es müssen alle sterben, sonst tötet Jabijarie im Zorn alle Heth, aber dann seid auch ihr und eure Familien des Todes.«

Die Krieger wenden ihre Blicke von Melech ab, legen ihre Bündel auf den steinigen Boden. Leamis verteilt unter ihnen die erbeuteten Speere, jeder trägt jetzt wenigsten vier bei sich.

Leamis schreitet voran, Arrom und Mah dicht hinter ihm, die weiteren Krieger folgen. Sie schleichen nacheinander die schmale Felsspalte hinauf. Langsam hebt Leamis seinen Kopf, Dunkelheit umhüllt ihn, Wind weht ihm entgegen. Er schaut über einen breiten, tiefen Absatz des Tafelberges, endet in zwanzig Schritten an einer fast kriegerhohen Stufe. Niemand bewacht diesen Absatz, hinter dessen Stufe der Funkenflug einer nahen Feuerstelle dem Himmel entgegenstobt. Langsam kriecht Leamis aus der Felsspalte hinaus, schleicht weiter in lautlos gebückter Haltung, verbirgt sich hinter der Stufe. Die Krieger folgen in gleicher Haltung, erst mit dem Letzten, richtet Leamis sich vorsichtig auf, schaut über die Stufe. Zehn Schritte von ihm entfernt brennt eine Feuerstelle, er erkennt in deren Schein drei

Heth und zwei Chem. Sie sitzen dicht bei der Feuerstelle, reden und lachen. Weitere helle Stimmen ertönen, die fünf Kanis schauen in die Dunkelheit, zwei Gestalten treten in den Lichtkreis. Deutlich erkennt Leamis die gedrungenen Gestalten mit den affenähnlichen Gesichtern von weiblichen Arbel, sie setzen sich mit ihrem nackten Körper an die Feuerstelle. Alle Gerüchte und Vermutungen deutete der Schamane Melech richtig. Es ist wahr, hier teilen sich Kanis und Arbel die Feuerstellen. Leamis sah genug, gleitet zurück in die Hocke. Wendet sich mit dem Rücken zur felsigen Abstufung seinen Kriegern zu, teilt die in Gruppen von jeweils sieben Kriegern. Er deutet den anderen zwei Gruppen, quer über das Plateau zu laufen und sich zu verteilen. Die Krieger verbergen sich an der Abstufung, klettern geschwind über die Kante, teilen sich sofort in die drei Gruppen auf. Leicht gebückt rennen die Krieger vorwärts, ihre Speere wurfbereit. Leamis nähert sich mit seiner Gruppe der nahen Feuerstelle. Umzingeln die Gegner, nähern sich aus der Dunkelheit. Eine der weiblichen Arbel schaut auf, erkennt zuerst, die drohenden Gestalten. Ein kurzer Aufschrei, ein Stoß gegen ihren Brustkorb lässt sie verstummen. Ihr Körper kippt auf den Rücken, der Speer richtet sich dem dunklen Himmel entgegen. Innerhalb eines Wimpernschlages folgen weitere dumpfe Aufschläge, die Getroffenen brechen in ihren letzten Bewegungen an der Feuerstelle zusammen. Keiner gab einen Schrei von sich oder benutzte seinen Speer. Stille breitet sich an der Feuerstelle aus.

In gebückter Haltung rennen die beiden anderen Gruppen über nackten Felsen auf die jeweils nächsten Feuerstellen zu, noch bemerkt dort niemand die Gefahr. Von der Dunkelheit umgeben nähert sich Arrom mit den sechs Kriegern. Sie überspringen Spalten, durchlaufen Gräben und überqueren kleine kuppelförmige Erhebungen. Auf einem Plateau, das zuvor aus der Ferne ebenmäßig erschien. Sie umstellen aus ihrer Bewegung heraus die Feuerstelle, mit fünf im Lichtkreis sitzenden Gestalten. Ein kurzes Surren der Speere, sie schlagen fast gleichzeitig dumpf in die Körper ein. Lautlos fallen die Schuldigen zur Seite. Einer starrt unter Schock auf die Speerspitze, die ragt vorn aus seinem Körper hinaus, umfasst mit beiden Händen den Schaft. Für mehr bleibt ihm keine Zeit, ein weiterer Speer durchbohrt sein Herz. Seine Hände sinken herab, der Speer drückt den stummen Körper zu Boden. Mit Hilfe seines Fußes zieht Arrom den blutigen Speer aus dem leblosen Körper, verlässt den Lichtkreis der Feuerstelle.

Für einen Moment schaut Arrom hinüber zur weiter entfernten Feuerstelle, zu der die Gruppe von Mah eilte. Aus der Entfernung dringt kein Laut zu ihm herüber, für einen Augenblick treten große Gestalten an die Feuerstelle, verschwinden in der Dunkelheit.

Arroms Augen schweifen weiter über das Plateau, Dunkelheit liegt vor ihm. Die nächsten Feuerstellen liegen unter einem hellen Schein am anderen Ende des Tafelberges. Nichts deutet auf ihre Entdeckung hin, unter dem dunklen Himmel bleibt weiterhin alles ruhig. Arrom führt die Krieger schnellen Schrittes weiter über das Plateau. An einem breiten Graben angekommen, vereinen sich die drei Gruppen. Finden dort Deckung, noch weit vor den Lichtkreisen einer jeden weiteren Feuerstelle entfernt.

»Bis jetzt bemerkten nur die Getöteten etwas«, richtet Leamis flüsternd seine Stimme an die Krieger »Wir greifen gemeinsam an, verteilt euch und lasst keinen am Leben.« Die Krieger steigen in einer Linie aus dem Graben hinaus, nähern sich vorsichtig dem Ende des Tafelberges nähernd. Dorthin, wo die vielen Feuer brennen mit dem vermuteten Hauptlager. Der Wind trägt lautes Lachen zu ihren Ohren, es folgen einzelne Stimmen, schließlich das Knistern der Feuerstellen, vor denen sich dunkle Schatten bewegen.

Unvermittelt, wenige Schritte von Arrom entfernt, erhebt sich aus einem Graben die Kontur einer Gestalt. Sein Arm schnellt mit dem wurfbereiten Speer nach vorn, noch bevor sein Speer trifft ertönt ein erster Ruf, wandelt sich in einen Schmerzensschrei und die Gestalt fällt zu Boden. Arrom springt hinterher, stößt mit einem weiteren Speer zu, der Schmerzensschrei verstummt. Stimmen erheben sich, Rufe ertönen, Unruhe erfasst die dunklen Gestalten an den Feuerstellen. Noch ist ihnen die Gefahr nicht bewusst, die sich schnell nähert. Leamis und seine Krieger bewegen sich geschwind über die Felsen, blicken auf die Lichtkreise, in die Gestalten mit Speeren treten. Noch ist die Entfernung für einen Speerwurf zu weit. Rufe ertönen in die Dunkelheit hinein, die erhoffte Antwort bleibt aus. Lautes Stimmengewirr schwillt an, Gestalten betreten die Lichtkreise, andere verlassen sie mit Fackeln, eilen der Dunkelheit entgegen. Ein Heth nähert sich direkt Leamis, für einen kurzen Augenblick erkennt der im Lichtschein seiner Fackel einen Krieger mit vorgehaltenem Speer. Seinen warnenden Schrei auf den Lippen, wölbt sich sein Körper unter dem eindringenden Speer. Leamis wirft einen weiteren Speer, getroffen bricht der folgende Chem mit seiner Fackel in der Hand zusammen. Rufe erfüllen das Plateau, Schreie ertönen aus Angst, auf einem Tafelberg über dem kurz zuvor noch die friedliche Dunkelheit der Nacht lag. In der Entfernung eines Speerwurfes erkennt Arrom eine große Gestalt, eilt aus einem schräg abfallenden Graben hinaus, rennt davon. Sein Speer fliegt, ein Stöhnen, mit dem Speer im Rücken strauchelt der Getroffene. Der Speer fällt zu Boden, drang nicht tief ein, traf das Schulterblatt. Torkelnd flüchtet der Getroffene weiter, findet Deckung in einem weiteren Graben. Arrom folgt, erkennt die dunkle Kontur eines Höhleneinganges. Im selben Augenblick erschüttert ein Schlag seinen Kopf, lässt ihn auf den kahlen Felsboden stürzen. Arrom liegt am Boden, ein erneuter Schlag trifft ihn auf seinem Rücken. Hockend richtet Arrom sich auf, ein Stein fliegt knapp an seinem Kopf vorbei. Seine Augen starren auf eine gedrungene, kreischende Gestalt, die rennt mit drohend zu Pranken geformten Händen auf ihn zu. Arrom greift einen Speer vom Boden, richtet ihn auf. Im selben Augenblick stürzt eine Arbel in den Speer hinein, bricht über ihm zusammen. Arrom rollt die weibliche Arbel von seinem Körper, greift beim Aufrichten nach seinem letzten Speer. Folgt dem Getroffenen in den Graben, auf den im Felsen klaffenden Höhleneingang zu. Den Speer in beiden Händen betritt Arrom die Höhle, eine vor Kurzem gelöschte Feuerstelle lodert in der Mitte auf. Aus einer Ecke der Höhle schauen ihn zwei verängstigte Augen an, plötzlich schlingt sich ein kräftiger Unterarm um seinen Hals. Ein Druck versperrt seine Luftröhre. Arrom lässt den Speer fallen, zerrt mit beiden Händen am Unterarm. Seine Beine stemmen sich rückwärts, der Angreifer prallt mit dem Rücken gegen die Höhlenwand. Ein Stöhnen, der Griff lockert sich, Arrom atmet tief. Dreht sich augenblicklich, schlägt mit der Faust zu. Der Kopf des Angreifers schlägt gegen die Höhlenwand, Arrom erkennt das Gesicht eines Heth, einer von jenen, die er an der Wasserstelle sah. Arrom schlägt zweimal zu, der Heth sackt an der Höhlenwand zusammen. Arrom greift nach seinem Speer, rammt diesen mit aller Kraft zweimal in den Brustkorb des am Boden liegenden Heth. Augenblicklich wendet sich Arrom, hört ein leises Wimmern in der Ecke der Höhle. Nähert sich bis auf zwei Schritte der Kauernden, sie starrt ihn aus zwei ängstlichen Augen an. Die Feuerstelle lodert auf, das erhellte Gesicht ähnelt dem Gesicht einer jungen Kanis, er erkennt deutlich die Gesichtszüge der Arbel.

Arrom glaubt aus dem Wimmern ein

»Nein, nicht, nicht!« Herauszuhören. Er wendet sich ab, schreitet auf den Ausgang zu, Arrom zögert. Erinnert sich an die Worte von Melech

»Keine Gnade, niemand wird verschont.« Hört ein Geräusch hinter sich, wendet blitzschnell seinen Körper. Sein Speer durchbohrt die Brust des Mischlings, noch bevor der ausgestreckte Arm mit dem Steindolch ihn erreicht. Der Körper sackt zusammen. Erneut hört Arrom ein Geräusch hinter sich, zieht mit einer Bewegung seinen Speer aus dem leblosen Körper, wendet sich dem Höhlenausgang zu. Mah steht vor ihm im Eingang der Höhle, beide nicken sich zu, verlassen gemeinsam die Höhle.

Melech lauert flach atmend, mit lauschenden Ohren und einem rechten weit aufgerissenen Auge hinter dem

von Leamis zugewiesenen Felsen. Sein aufrechter Körper beobachtet über den Felsen die Felsspalte, umgreift krampfhaft mit beiden Händen den Speer. Angestrengt lauscht Melech und hört doch keine Geräusche vom Tafelberg. Angespannt kreisen seine Gedanken. Hat der Angriff bereits begonnen, ist Leamis mit seinen Kriegern erfolgreich oder sind es zu viele Gegner? Innerlich ärgert sich Melech, widersprach Leamis nicht und ging nicht mit. Er wartet hier unwissend über die Geschehnisse auf dem Tafelberg. Unvermittelt hört Melech Geräusche aus der Felsspalte, starrt dorthin, eine große Gestalt tritt hinaus.

Einen Augenblick zögert Melech, es kann keiner seiner Krieger sein, der gäbe sich zu erkennen, seinen Namen rufen oder nach ihm suchen. Die große Gestalt kommt näher, ist fast an Melechs Versteck vorbei. Augenblicklich springt Melech zwischen den Felsen hervor, den Speer mit seinen Händen fest umkrampfend, rammt diesen mit aller Kraft von schräg hinten in den Oberkörper eines Heth. Wie beim Greifreflex eines Raubvogels lässt Melech seinen Speer nicht los, der schwer getroffene Heth reißt ihn mit zu Boden. Melech überschlägt sich zweimal, der Speer gleitet ihm aus den Händen. Schaut am Boden liegend hinüber, der verletzte Heth richtet sich mit den Armen vom Boden auf, sackt in sich zusammen. Mit auf den Heth gerichteten Blick steht Melech langsam auf, schreitet auf ihn zu. Tritt auf die stumpfe Hälfte des zerbrochenen Speers, hebt sie vom Boden auf. Steht mit dem gebrochenen Speer vor dem am Boden liegenden Körper. Dreht mit seinen Füßen den leblosen Körper auf den Rücken, zum Schlag bereit. Melech schaut in ein unbekanntes Gesicht, es ist keiner ihrer Krieger, sondern ein Schuldiger, ein dem Tod Geweihter. Die Augen öffnen sich, starren Melech an. Melechs kurzer Arm holt aus, schlägt mit dem gebrochenen Speer zu, immer und immer wieder, knackend bricht der Schädel. Melech beugt sich über den toten Körper, zieht die Spitze des gebrochenen Speers heraus. Schleift mit Mühe, flüsternd fluchend den toten Heth hinter die Felsen.

»Komm weiter«, sagt Mah, hilft Arrom auf, dessen Fuß steckt in einem kleinen Loch im Felsen. Sie schleichen weiter, über den zerklüfteten Felsen des Tafelberges, eingehüllt in die Stille des Windes.

»Sie haben sich versteckt, wir müssen …«

Ein greller Schmerzensschrei unterbricht die leisen Worte von Arrom. Ihre Blicke starren in die Dunkelheit, zu der gegenüberliegenden Seite des Tafelberges, in Richtung des kurzen Schreies. Arrom schleicht voran, Mah dicht hinter ihm. Unwillkürlich richtet Mah seinen Blick auf Arroms Hinterkopf. Das rechte Ohr, mit den umliegenden Zöpfen, ist bedeckt von schimmerndem Blut. Eine Folge des Steinwurfes von der weiblichen Arbel, wovon Mah nichts weiß.

Langsam verdrängt das erste Grau des nahen Morgens den dunklen Himmel, die Konturen des Plateaus zeichnen sich schwarz gegen den aufhellenden Himmel ab. Dunkel öffnet sich vor ihnen eine tiefe Senke, sie nähern sich mit wurfbereiten Speeren der Kante. Erkennen schemenhaft vom Rand der steilen und zwei Speer tiefen Kante einen ihnen den Rücken zugewandten Heth. Der richtet sich in der Mitte der weiten Senke mit einer Hand an seinem Speer vor einem toten Körper auf. Arrom umfasst seinen Speer mit fester Hand, der Heth wendet sich ihnen zu. Arrom und Mah erkennen unter dem aufklarenden Himmel die drei langen Schmucknarben quer überm Oberkörper. Leamis hebt seine gespreizte Hand zum Gruß, Arrom und Mah senken ihre Speere.

»Vorsicht, hinter dir«, ertönt es wie aus einer Kehle von Arrom und Mah.

Eine Gestalt stürmt aus einer Felsspalte mit nach vorn gerichtetem Speer auf Leamis Rücken zu. Blitzschnell wendet sich Leamis, wehrt im letzten Augenblick die drohende Speerspitze ab. Kann dem folgenden Körper weder abwehren noch ausweichen, reißt ihn mit einem dumpfen Aufschlag zu Boden. Unter Ächzen wälzt sich Leamis mit dem Angreifer, sie verkeilen sich auf dem Boden. Arrom beobachtet den Kampf, hält seinen Speer zum Wurf bereit. Mah sucht eine Stelle zum Hinunterklettern. Die beiden Kämpfer scheinen gleichwertig, Leamis ergreift einen Stein. Holt weit aus, schlägt gegen einen über ihn aufragenden, vor Anstrengung verzerrten Kopf. Dumpf prallt der Stein gegen die Schläfe, Leamis erlangt die Oberhand, schlägt mit dem faustgroßen Stein auf das Haupt des Angreifers. Drei Hiebe, der Angreifer bleibt regungslos am Boden liegen. Leamis erhebt sich, lässt den blutigen Stein fallen. Greift nach seinem am Boden liegenden Speer, schaut zu Arrom und Mah, deutet ihnen mit der Hand, am Rand weiterzugehen. Dort am anderen Ende erhebt sich die Senke, Leamis klettert zu Arrom und Mah hinauf.

»Dort hinter dem Felsen haben sich viele versteckt«, sagt Leamis mit gedämpfter Stimme, deutet auf einen großen Felsen am Abhang des Tafelberges. Gemeinsam nähern sie sich dem am Ende des Tafelberges aus dem Plateau herausragenden Felsen, der gleicht dem stumpfen Horn eines Nashorns. Wenige Schritte vor dem Felsen bleibt Leamis stehen.

»Ich bin zuvor einem Chem gefolgt, der flüchtete wie die anderen Schuldigen hinter den Felsen. Ich bin ihnen aber nicht weiter gefolgt, denn von beiden Seiten führen nur zwei fußbreite Pfade zwischen Felsen und Abgrund entlang. Arrom, du kletterst auf den Felsen, sammelst Steine und wirfst die hinunter. Mah und ich erwarten die zum Tode Bestimmten an den Seiten.«

»Wir könnten aber auch nur warten«, erwidert Mah mit einem Lächeln.

»Nein, wir warten nicht, wir bringen es zu Ende.« Leamis deutet Arrom, mit seinem Speer hinaufzuklettern. Arrom erklimmt den anfangs steilen Felsen, erreicht aufrecht ein fünf mal acht Schritte flaches Oval. Risse und Spalten ziehen sich über das Oval, lösten verschieden große Brocken und Steine in kantiger Form aus dem Felsen. Arrom umfasst einen kopfgroßen Stein, löst den aus dem Felsen, schaut unwillkürlich auf. Spürt die erste Wärme von Mutter Sonne, deren Rand über dem Weißen-Gebirge erscheint. Arrom richtet sich mit dem gelockerten Stein auf, sein Blick gleitet über das Hochplateau. Der Tafelberg erhebt sich aus der Mitte einer Ebene, umschließt das Weiß-Gebirge von drei Seiten. Nur entgegengesetzt von Mutter Sonne reicht die Ebene bis zum Horizont. Arrom steht auf dem höchsten Punkt des Tafelberges. Rauch steigt von den vielen verglühenden Feuerstellen auf, dazwischen führen schräge Gräben zu den Höhlen in den Felsen.

»Arrom was ist los?«, ertönt die ungeduldige Stimme von Leamis. Sofort nähert sich Arrom der äußeren Kante, wirft den ersten Stein hinab. Der fällt gerade hinunter, vorbei an dem Nashornfelsen. Weiter an dem steilen Felsen des Tafelberges, schlägt auf der Schräge auf. Arrom beugt sich nach vorn, auf einem Überhang stehend, erkennt er nicht, wer sich unter dem nach innen geneigten Felsen aufhält.

»Arrom!« Leamis ruft mit einem ärgerlichen Unterton. Arrom greift den nächsten Stein, stellt diesen dicht an die Kante. Lehnt sich mit seinem Oberkörper weit über die Kante hinaus, findet mit seinen Füßen Halt in einer Spalte. Arrom erkennt den Anfang eines Absatzes und die Spitze eines Fußes. Greift weit über die Kante gebeugt nach dem Stein neben sich, wirft diesen nach innen. Ein kurzer Aufschrei ertönt, bevor der Stein hart aufschlägt und den Abgrund hinunterfällt. Arrom macht weiter, sammelt verschiedene Steine neben sich, wirft diese unter den Nashornfelsen. Unterschiedliche Schreie ertönen, zeigen ihm, dass er trifft. Nach einem weiteren Steinwurf folgt ein Aufschrei, eine Gestalt neigt sich nach vorne, stürzt taumelnd den Abgrund hinunter. Arrom wirft weiter, unvermittelt fliegt ein faustgroßer Stein in einem Bogen an ihm vorbei.

»Das war knapp«, murmelt Arrom »dann nur noch große.« Der nächste große Stein trifft, ein Chem sackt zusammen, hängt mit leblosem Oberkörper überm Abgrund. Weitere Schmerzensschreie ertönen von zwei hinunterstürzenden Gestalten. Arrom hält kurz inne, Rufe der Krieger vermischt mit Kampflärm ertönen, ersterben nach wenigen Augenblicken in Schmerzensschreien. Arrom wirft noch zwei weitere Steine hinunter.

»Arrom, komm herunter.« Im Licht von Mutter Sonne klettert Arrom den Nashornfelsen hinunter. An der Seite des Felsens angekommen, tritt Arrom dem lächelnden Leamis entgegen.

»Gut gemacht.« Arrom erwidert das Lächeln, erkennt an Leamis vorbei die toten Körper von vier Chem, zwei Heth sowie drei weiblichen Arbel.

»Sind noch weitere hinter dem Felsen?«,

»Das konnte ich nicht erkennen«, antwortet Arrom, sich mit beiden Händen am Speer abstützend.

»Dann geh zu Melech, bringe ihn zu mir. Wir schauen nach, ob sich noch weitere Schuldige hinter dem Felsen verstecken«, sagt Leamis. Arrom wendet sich ab, eilt den Weg über den Tafelberg zurück. Mit einem über das Plateau schweifenden Blick, auf der Suche nach Schuldigen, die sich zwischen den Felsen verbergen und entdeckt niemanden. Am anderen Ende angekommen, dort wo der Tafelberg in dem Absatz endet, schleicht Arrom langsam und lautlos die Felsspalte hinunter. Bleibt kurz vor Ende der Felsspalte stehen, lauscht auf die kleine Ebene hinaus.

ГЛАВА 6

Ein verfluchter Ort

Langsam lässt Melech Sand durch seine Hand rieseln, den Schaft des gebrochenen Speers mit der blutig, braunen, getrockneten Steinspitze in der anderen Hand. Seinen Schamanenstab vor sich sitzt er mit dem Rücken an den Felsen gelehnt. Seit dem ersten Licht von Mutter Sonne wendete er den Blick von der Felsspalte ab, verbirgt sich hinter dem Felsen. Seine Gedanken kreisen um unbeantwortete Fragen. Warum ließ ihn Leamis nur mit einem Speer zurück und wieso überhaupt? Steht eine Absicht dahinter? Bei einem Scheitern von Leamis ist eine Flucht nicht mehr möglich, sie würden ihn sofort auf der Ebene entdecken, verfolgen und töten. Nur die dunkle Nacht gäbe ihm die Möglichkeit, über die Ebene zu entfliehen, und müsste sich bis dahin verbergen.

»Melech, Melech, wo bist du?« Melech springt auf, schaut über den Felsen zur Felsspalte, entdeckt Arrom der vorsichtig auf die Ebene tritt.

»Hier, was ist geschehen?« sagt Melech mit ungeduldigem Ton, hinter dem Felsen hervortretend, den blutigen Speerstumpf festhaltend.

Noch in der Felsspalte beim Hinaufgehen muss Arrom auf die ungeduldigen Fragen von Melech antworten, schildert das Geschehene. Sie betreten das Plateau, erklimmen die Stufe. Melech verbleibt bei der ersten glühenden Feuerstelle. Stochert gedankenverloren mit seinem Schamanenstab auf die Toten ein, lässt den blutigen Speerstumpf fallen. Starrt mit vor Zorn verzerrtem Gesicht zu Arrom, der erschrickt.

»Bring mich sofort zu Leamis, schnell«, ertönt krächzend die Stimme von Melech.

Sie eilen über das Plateau, ohne dass Melech für weitere Feuerstellen oder Tote Interesse zeigt.

»Habt ihr alle getötet?«, fragt Melech mit scharfer Stimme, nähert sich Leamis. »Einen musste ich schon für euch töten.« Leamis entfernte sich vom Nashornfelsen, steht zwischen den tiefen Eingängen zweier Höhlen, mustert Melech mit einem scharfen Blick.

»Wir suchen noch, es gibt viele Spalten und Höhlen hier.« Ein Schrei durchbricht die Stille des Morgens. Im Reflex wendet Melech seinen Kopf in die Richtung, in der er den Ursprung des Schreis vermutet.

»Gut, ihr müsst alle töten, ohne Ausnahme«, sagt Melech, wendet sich mit einem schrägen, ernsten Gesicht erneut Leamis zu. Stößt vor Leamis mit seinem

Schamanenstab auf den Boden, kann seinen Satz aber nicht beginnen, ein fordernder Ruf ertönt.

»Hierher, hierher.« Leamis, Melech und Arrom treten aus der Vertiefung hinaus, schauen auf Mah, der steht am seitlichen Rand des Tafelberges, winkt ihnen mit seinem Speer auffordernd zu. Noch während sie sich nähern, sagt Mah.

»Hier, sie klettern an den steilen Abhängen hinunter«, mit seinem Speer nach unten deutend. Leamis, Melech und Arrom schauen am Felsen hinab, »So könnt ihr sie nicht sehen. Ihr müsst euch weit nach vorne beugen.« Melech, von der Körpergröße her benachteiligt, tastet sich mit seinem Fuß dicht an die Kante.

»Ja, dort sehe ich zwei.«

»Drei, drei, dort ist noch einer«, ergänzt Mah, deutet mit seinem Speer noch ein Stück weiter.

»Ja, ja, gut« krächzt Melech, zieht seinen Oberkörper zurück, entfernt sich zögerlich zwei Schritte vom Abhang.

»Werft Felsen und Steine hinunter, ihre Körper sollen am Felsen zerschmettern.«

Melech wendet ihnen seinen Rücken zu, schreitet in Richtung des Nashornfelsens, dorthin wo mehrere Höhlen in den Felsen führen. Inspiziert eine Höhle nach der anderen, während vom Abhang des Tafelberges das Poltern der Steinbrocken zu ihm herüber dröhnt. Bald darauf ertönt der erste Schrei, erstirbt abrupt. Nach etlichem Poltern und Rufen der Krieger folgen zwei weitere Schreie. Leamis schickt Mah mit drei weiteren Kriegern hinunter an den Fuß des Tafelberges, damit sie Ausschau nach weiteren Schuldigen halten. Leamis folgt Melech in Richtung der Höhlen.

»Bringt die unwürdigen Toten hier hinein. Ich lege über diesen Ort einen Fluch«, sagt Melech, eine Höhle verlassend. Würdigt Leamis nur eines kurzen Blickes, setzt seinen Weg fort. Bleibt nach wenigen Schritten stehen.

»Haben wir Tote?«

»Ja, zwei Krieger wurden getötet und drei Verletzte, leicht Verletzte.«

»Errichtet einen großen Scheiterhaufen, wir schicken sie heute Nacht in gebührender Weise zu den Ahnen«, ergänzt Melech und tritt in eine der folgenden Höhlen.

Mutter Sonne steht hoch über dem Tafelberg, in den Höhlen fanden die Krieger Schutz vor der sengenden Hitze. Nur Mah sucht eine Höhle nach der anderen ab, entdeckt Melech im Inneren einer kühlen Höhle. Der sitzt dort auf dem Boden, damit beschäftigt, lange Holzstangen zusammen zu binden.

»Wir haben sie getötet«, berichtet Mah, starrt auf die drei am Boden liegenden blutigen Köpfe, von einem Heth, einem Chem und einer Arbel.

»Nie wieder werden die drei Schande über die Kanis bringen« antwortet Melech.

»Nein fünf, es waren fünf«, Melech schaut zu Mah auf.

»Gut fünf, dann eben fünf. Habt ihr die schon in die Höhle gebracht?« Die Blicke ihrer Augen verharren für einen Augenblick, Mah bricht mit einem verlegenen Lächeln das Schweigen.

»Wohin?«

»Bringt auch diese in die Höhle«, zischt Melech mit ärgerlicher Stimme, eine Zornesfalte bildet sich zwischen seinen zusammengepressten Augenbrauen. Sein offenes Auge in dem doppelreihigen Narbenkreis verengt sich ebenfalls zu einem Schlitz. Mahs Lächeln erstarrt mit einem Zurückzucken seines Oberkörpers, wendet sich ab, verlässt die Höhle.

»Nicht zu gebrauchen«, murmelt Melech verächtlich vor sich hin, wendet sich erneut seinen Holzstangen zu. Mah tritt aus dem Schatten der Höhle.

»Kommt alle heraus«, ruft er beim Vorbeigehen in die nächste Höhle hinein, in einem Ton, der keinen Widerspruch zulässt. Erstaunt schauen die sechs Krieger sich an, überrascht von Mahs unbekanntem Verhalten. Mah schreitet wortlos voran, hinunter zur Ebene, gefolgt von den sechs Kriegern, mit dem Ziel, die fünf Toten von der Ebene zu bergen, und in die Höhle auf den Tafelberg zu bringen.

Das Holzgestell von Melech ist fast fertig und Leamis betritt die Höhle.

»Wir haben alle, auch die von der Ebene, in die Höhle geschafft.« Melech erhebt sich.

»Gut, rufe alle Krieger zur Höhle.« Leamis folgt Melech hinaus in die Dämmerung. Leamis ruft alle Krieger herbei, sie versammeln sich im Halbkreis vor der offenen Höhle mit den toten Schuldigen.

Melech beginnt im harmonischen Einklang die Lieder der ersten Kanis mit den sich ständig wiederholenden Worten und Weisen zu singen. Bewegt mit rhythmisch stampfenden Füßen seinen Körper, macht schnappende Handbewegungen in Richtung des Höhleneingangs, als finge er eine Fliege. Melech verstummt, greift sich Sand vom Boden, wirft den in die Höhle. Hebt drei faustgroße Steine nacheinander auf, beschwört sie murmelnd, wirft sie in die Höhle. Melech tritt hinein, während Leamis und die Krieger stumm warten. Sie hören Melechs Stimme aus dem Inneren der Höhle in verächtlichem Ton Flüche aussprechen. Der kommt mit einem blutverschmierten und zu einem Beutel gebundenen Lederstück hinaus. Greift mit seinen ebenfalls blutigen Händen eine große Tonschale, uriniert hinein. Melech tritt an jeden Krieger heran, fordert ihn auf, es ihm gleichzutun. Murmelt erneut Beschwörungen, spuckt abschließend in die Schale. Wirft mit beiden Händen die Schale in die Höhle, mit einem dumpfen Ton zerspringt die Schale. Melech wendet sich vom Höhleneingang ab, greift den Lederbeutel,

»Verschließt die Höhle!« Er setzt seinen Weg fort, zurück zu der Höhle mit seinem Holzgestell.

Mutter Sonne ist hinterm Horizont untergegangen, am dämmrigen Himmel zeigen sich die strahlendsten Feuerstellen der Ahnen. Mit jeweils einem Speer an ihrer Seite umschließt Leamis mit den Kriegern den Scheiterhaufen. Die beiden getöteten Krieger liegen auf dessen höchsten Punkt. Ihre gereinigten Körper scheinen zu schlafen, nur die Einstiche in den Oberkörpern weisen auf ihren Tod hin. In wenigen Tagen sollten sie zu Hordenführer aufsteigen. Speere durchbohrten ihre Oberkörper und all die in sie gesetzten Träume und Hoffnungen fanden ein Ende.

Die Krieger stimmen ein kehliges Summen an, unterbrochen von kurzem Schreien. Erst leise, dann lauter singen sie das Lied vom großen Krieger Karrun, der einst allein eine Säbelzahnkatze tötete. Diese verletzte mit einem Prankenhieb den Oberkörper von Karrun, es blieben drei große Narben quer über seinem Oberkörper zurück.

Die Krieger bewegen sich langsam im Rhythmus des Liedes, ihre nackten Körper sind von weißer Asche bedeckt. So wie sich die Körper der getöteten Krieger zu Asche wandeln, damit ihre Seelen mit dem Rauch zu den Ahnen aufsteigen.

Melech tritt aus der Höhle hinaus, seinen nackten hellen Körper bedeckt ebenfalls weiße Asche, er trägt neben seinem Schamanenstab eine Fackel. Die Krieger beenden ihr Lied und schweigen. Melech tritt in ihren Kreis, ruft

Vater Mond und Mutter Sonne, lobt die Taten der Krieger, wünscht ihnen eine gute Reise. Er bittet Vater Mond, sie zu leiten auf dem Weg zu den Ahnen. Für einen Augenblick hält Melech inne, steckt die Fackel in den Scheiterhaufen. Langsam breiten sich die Flammen aus, schlagen hoch, hüllen die toten Körper ein. Die Krieger beginnen gemeinsam ihren Hüpftanz, mit den immerfort selben Rufen »Krieger, Krieger, Krieger, Krieger …,«

Der flackernde Lichtkreis scheint weit über das Plateau des Tafelberges. Der Geruch von verbranntem Fleisch breitet sich aus. Die Krieger stoppen ihren Tanz, verharren stumm. Werfen als letzten Gruß an die toten Krieger ihre Speere in die Flammen. Fast stumm, nur flüsternd verbleiben die Krieger an dem brennenden Scheiterhaufen. Lassen bis zur Hälfte der Nacht das Feuer allein in den wolkenlosen Himmel leuchten. Sie entzünden am anderen Ende des Tafelberges eine weitere Feuerstelle. Übergeben alle auf diesem entweihten Boden benutzten Gegenstände dem Feuer. Die Feuerstellen brennen bis zum nächsten Morgen.

Melech, Leamis und die Krieger bereiten sich darauf vor, den Tafelberg zu verlassen.

»Arrom, Mah … kommt zu mir«, ruft Melech am Rand der Höhle, verschwindet erneut in der Kühle. »Arrom, nimm du das Moab«, deutet Melech auf das Gestell, das am Boden liegt. Er hat gestern bis tief in die Nacht gearbeitet. Das Gestell überragt Arrom um die Hälfte seiner

eigenen Körpergröße, mit einem dicken Hauptstamm, sodass Arrom den mit seinen Händen nur halb umfasst. Ein
dünnerer Stamm ist quer angebunden, mit zwei schrägen
Streben, die den auf jeder Seite nach unten hin abstützen.
An dem Querstab hängen, wie die Früchte des Leber-
wurstbaumes, an Lederriemen, gebundene Penisse. Darüber ragen an den Enden des Querstammes zwei weitere
dünne Äste fast bis zur Höhe des Mittelstammes hinauf,
verbunden durch einen mittigen Querstab.

»Mah, du nimmst die drei Schädel und die vier Speere.« Mah zögert einen Augenblick beim Anblick der drei
Schädel mit ihren lidlosen Augen. Nach einem Bissigen
»Vorwärts!« von Melech trägt Mah zwei Schädel in
seine Armbeuge und den des Heth bei den Haaren.
Arrom bemüht sich mit dem Moab durch den Höhleneingang hinaus zu gelangen. Melech beobachtet dies
ärgerlich, zischt zu Mah, der breit grinst.

»Hilf Arrom und schickt mir einen anderen hinein.«
Ohne Zögern legt Mah die Schädel und Speere zurück
und hilft Arrom. Mit dem Moab und den drei Schädeln
und vier Speeren wartet Leamis mit den Kriegern vor
der Höhle, bereit zum Aufbruch. Melech hat die Höhle
bereits verlassen, er ist außer Sichtweite. Schließlich
zeigt sich Melech auf einer kleinen Erhöhung.

»Geht die Felsspalte hinunter, wartet dort auf mich.
Ich belege diesen Ort mit einem Fluch. Stellt so lange
das Moab auf!«

Melech wendet sich ab, verschwindet erneut hinter der kleinen Anhöhe. Leamis und die Krieger schreiten über das Plateau des Tafelberges und die Felsspalte hinunter zur kleinen Ebene. Dort, wo Leamis und Melech die Heth töteten und sich hinter den Felsen verbargen. Unter Mühen graben die Krieger ein Loch in den steinigen Untergrund, sie stellen den dicken Stamm des Moab hinein. Mit einem Steinhaufen um den Stamm sowie vier Speeren von allen Seiten, deren Steinspitzen sich in den Stamm eingraben, erhält das Moab einen festen Stand.

Noch lange gedulden sich die Krieger, bis Melech sichtlich erschöpft die Felsspalte hinunterkommt.

»Niemand wird nun mehr diesen Tafelberg betreten, ohne Schaden zu nehmen. Verschließt die Felsspalte mit großen Steinen.« Wendet sich dem Moab zu, betrachtet ihn einäugig mit auf- und abschweifendem Blick seines hängenden Auges. Reißt sein rechtes Auge auf, sein Blick fällt auf Mah, der sich fleißig an einem großen Stein zu schaffen macht.

»Mah, lass das und komm hierher.« Mah schaut auf, verwundert, dass Melech erneut seinen Namen nennt, tritt zögerlich an Melech heran.

»Knie dich hin«, befiehlt Melech und positioniert Mah vor das Moab. Über den Rücken klettert Melech auf Mah, stellt sich auf dessen Schultern.

»Los hoch!«, befiehlt Melech. Mah erhebt sich, Melech hält mit Hilfe des Moab stehend das Gleichgewicht. Der

Kopf von Melech befindet sich auf einer Höhe mit den drei Spitzen, schaut hinunter zu den drei Schädeln. Ohne Worte reicht Leamis ihm einen nach dem anderen hinauf. Zuerst den Schädel der Arbel, den Melech auf die Mitte steckt. Der Schädel des Chem findet auf der linken Spitze seinen Platz. Zum Schluss der Schädel des Heth, den spießt er auf die rechte Spitze. Zieht die Zungen hinaus, durchsticht sie zum Fixieren jeweils mit einem dünnen spitzen Holzstück. Durchbohrt zum Schluss alle sechs Augen mit einem kurzen spitzen Stab. Zufrieden und mit festem Boden unter den Füssen, betrachtet Melech das Moab. Sein Blick schweift zur Felsspalte, versperrt von einem Steinhaufen.

»Lass uns diesen verfluchten Ort verlassen« sagt Melech zu Leamis, gibt das Zeichen zum Aufbruch.

ГЛАВА 7

Noch nicht beendet

Hoch ragt der Tafelberg hinter ihnen auf, die beiden Feuerstellen sind verloschen, er gleicht aus der Ferne einem friedlichen Ort. Leamis schreitet voraus, die drei verletzten Krieger und Melech folgen ohne Mühe. Die Anspannung der vergangenen Tage ist von ihnen gewichen.

»Ihr werdet von dieser Reise als andere wiederkommen als jene, die ihr hinausgezogen seid.«

Die Worte vom Sonnenkönig Omab erhalten für jeden seine Bedeutung. Mutter Sonne steht geneigt am blauen Himmel, ihre Schatten gewinnen an Länge, die Hitze lässt nach. Der größte Teil des Weges auf der Ebene, vom Tafelberg bis zu den Ausläufern des Weißen-Gebirges, liegt hinter ihnen. Arrom geht einige Schritte abseits der Horde, fast auf selber Höhe zu Leamis. Sein Blick reicht weit in die Ferne, lässt die Geschehnisse der vergangenen Tage hinter sich. Betrachtet dies mit jedem Schritt mit einem größeren Abstand. Seine Gedanken vermischen sich mit dem Flimmern der Luft

über dem heißen Boden der Ebene. Augenblicklich vereinen sich seine Gedanken mit seinem Blick.

»Leamis schau, dort vor dem Steilhang kommt uns
eine Karawane entgegen.« Leamis bleibt stehen, späht
angestrengt in die Richtung der flimmernden Luft, auf
die Arrom zeigt.

»Arrom, du hast die Augen eines Adlers. Eine Karawane, eine Karawane kommt auf uns zu«, sagt Leamis
nach einigen Augenblicken, wendet sich den Kriegern
zu. Melech eilt an seine Seite, sucht mit angestrengten
Augen den Horizont ab.

»Unsere Prüfung ist noch nicht beendet …«

»Töten, ihr müsst sie alle töten, keine Gnade«, unterbricht Melech die Stimme von Leamis, mit Worten
die dem Bellen eines Schabrackenschakals gleichen.
Melech richtet seinen Hass auf etwas das er in der Ferne
noch nicht zu erkennen vermag.

»Schnell und überraschend schlagen wir zu«, fährt
Leamis fort »ich gehe voraus und ihr folgt mir so dicht
hintereinander, dass wir aus der Ferne einem einzelnen
Krieger gleichen.«

Leamis wendet sich der Karawane zu, seine Krieger
reihen sich hinter ihm ein. Melech folgt am Ende der
Reihe und hinter den drei verletzten Kriegern. In der
flimmernden Luft erkennt Leamis einzelne Gestalten
aus einem sich zuvor zitternd bewegenden dunklen
Fleck. Schätzt die Anzahl der Heth ab, ist bald davon

überzeugt, dass sich ihnen eine Horde Krieger nähert, begleitet von derselben Anzahl Chem. Die erkennen noch nicht die Gefahr, in der sie sich befinden.

Leamis steigert das Tempo, dicht hinter ihm seine Krieger mit Melech am Ende. Der vorderste Heth stoppt mit zwei ausgebreiteten Armen die Karawane, eilt auf Leamis zu. Neigt erst seinen Kopf und darauf seinen Oberkörper, setzt fünf Schritte zur Seite. Wendet sich augenblicklich ab, ruft mit erhobenen Armen in Richtung seiner Karawane. Leamis versteht die Worte nicht, er ahnt, sie wurden erkannt. Breitet seine Arme aus, die Krieger folgen, scheren aus seinem Sichtschatten zu beiden Seiten aus. Steigern ihren Lauf, nähern sich rennend in einer breiten Front der Karawane. Erschrocken stoppt die Karawane, der vorderste Heth wendet sich, stiert auf Leamis. Zu spät erkennen seine weit aufgerissenen Augen den von Leamis geschleuderten Speer, der dringt einen Herzschlag später in seinen Oberkörper ein. Aus voller Kehle brüllen die Krieger und stürmen vorwärts, das Zurückweichen der Karawane wandelt sich in eine wilde Flucht. Die Chem lassen ihre Lasten in den hellen Sand fallen. Rennen, so schnell es ihnen ihre Beine ermöglichen, zurück zum Steilhang des Weißen-Gebirges. Noch zögern die Heth der Karawane, bewegen sich rückwärts, den Kriegern zugewandt. Ein Heth wirft den ersten Speer, unentschlossen und viel zu kurz. Er wendet sich ab, folgt fluchtartig den

Chem, ein zweiter und dritter folgen ihm. Die Krieger antworten mit aus vollem Lauf geworfenen Speeren. Surren durchdringt die Luft, sechs Heth fallen zu Boden. Weitere Heth wenden sich zur Flucht, nur noch wenige aus der Karawane verharren in Erwartung des Kampfes und des Todes. Zwei von ihnen lassen sich ohne Gegenwehr von Speeren durchbohren, drei weitere verteidigen sich im Kampf, lassen sich dann doch überwältigen. Die meisten Krieger überlaufen die wenigen kämpfenden Heth, folgen den Fliehenden, der Beginn einer Treibjagd.

Drei Chem versuchen zu entkommen, trennen sich durch jeweils weite Bögen von der Hauptmenge. Die Chem sind unter Lasten ausdauernd, aber keine schnellen Läufer. Einen nach dem anderen holen die Krieger ein, Speere bohren sich von hinten in die fliehenden Chem. Die Heth entledigen sich ihrer Bündel und Speere, überholen die mit ihnen flüchtenden Chem. Sie wissen, nur durch eine schnelle Flucht können sie überleben. Leamis stürmt seinen Kriegern voraus, erreicht die ersten Chem, die nicht sein Ziel sind, er will die vordersten Heth zur Strecke bringen. Überholt einen nach den anderen Chem, verwundet sie mit der Steinspitze seines Speeres an den Beinen, ihre Flucht endet in einem Sturz. Bei vier Heth die zu spät flüchteten, endet die Flucht mit jeweils einem Speer im Rücken und weit vor dem Steilhang des Weißen-Gebirges. Die vordersten Krieger mit Leamis an der Spitze lassen die Chem hinter sich. Ihre Ziele sind die fünf verbliebenen Heth vor ihnen, die erreichen mittlerweile den Auslauf des Steilabbruches vom Weißen-Gebirge. Kleinere und größere Steinbrocken stellen sich ihnen in den Weg, an einem Hang, der steil vor ihnen aufragt. Das Rennen wandelt sich zu einem Hinaufsteigen, sie klettern hinauf, gewinnen schnellstmöglich Höhe. Zwei Heth schaffen es nicht schnell genug, die zerklüftete Wand mit ihren hohen stufenförmigen Abbruchkanten hinauf zu klettern. Speere fliegen von den herannahenden neun Kriegern, Blut färbt die weißen Felsen rot. Die anderen drei Heth klettern verstreut zwischen den großen Felsbrocken, versuchen für sich den schnellsten Weg hinauf zu finden. Leamis erreicht zuerst die steil aufragenden Felsen, folgt dem Heth, der den Steilabbruch am höchsten erklommen hat. Weiter unten sind es Mah und Arrom die Leamis folgen. Der Weg hinauf ist schwierig, zwischen den mit Geröll gefüllten schmalen Abbruchkanten erheben sich stetig höhere Steilwände. Wie ein Pavian klettert Leamis näher an den Heth heran. Die Ebene weit unter sich gelassen, schaut Leamis, an der vorletzten Abbruchkante angelangt, an der Steilwand hinauf. Diese ist mit der Höhe von sechs Körperlängen die Höchste, fast bezwungen vom Heth direkt über ihm. Leamis greift seinen letzten Speer, wirft mit weit ausholendem Arm nach oben. Der Heth schaut nach unten, sieht den Speer herannahen, drückt verkrampft seinen Körper dicht an die Steilwand. Hört im selben Augenblick das Surren des Speers, ein kurzer Lufthauch streift seinen Rücken. Seine Muskeln entspannen sich, sein Blick nach unten sieht den Krieger, ihm die Steilwand hinauf folgend. Mit seinen Kräften fast am Ende gelangt der Heth auf die letzte Abbruchkante. Leamis folgt in sicherem Rhythmus, die Hälfte der Steilwand erklommen, sucht sein rechter Fuß einen Halt.

»Achtung Leamis, über dir.« Leamis hört Mahs Warnung, schaut die Steilwand hinauf, sieht den Heth über sich an der Kante stehend, wurfbereit mit seinem zuvor geworfenen Speer, der den Heth verfehlte. Für den Augenblick eines Herzschlages treffen sich ihre Blicke, Leamis hört das Surren eines Speeres sich von unten nähern. Der Heth schleudert seinen Speer auf Leamis, verschwindet hinter der Kante und noch bevor der geworfene Speer von Mah ihn erreicht. Leamis weicht mit einer Hand am Felsen seinem Speer aus, der reißt eine Fleischwunde in seinen Oberschenkel. Für einen Augenblick hält sich Leamis und stürzt die steile Felswand entlangschrammend hinunter. Leamis hört Mah seinen Namen rufen, schlägt auf dem Geröll der Abbruchkante auf. Direkt vor Mah, der stoppt ein weiteres Abrutschen von Leamis. Arrom klettert geschwind auf die Abbruchkante, verfolgte von weiter unten alles. Kniet zusammen mit Mah bei Leamis, der öffnet benommen seine Augen.

»Hohl ihn dir!« Sind Leamis Worte an Arrom, ge-
folgt von einem energischen »Los!« Arrom überwindet
sein Zögern, klettert die Steilwand weiter hinauf, den
Heth verfolgend. Rasch überwindet Arrom die hohe
Steilwand, erklimmt die letzte Abbruchkante, sieht den
Heth unter Anstrengung die letzte, vier Körperlängen
hohe Steilwand des Steilabbruches überwinden. Arrom
folgt sofort, das Ziel vor Augen, klettert geschickt die
Steilwand zur Kante hinauf. Augenblicke später steht
Arrom oberhalb des Steilabbruches, holt aus seinem
Bündel seinen letzten Speer. Vor ihm fällt ein steiniger
Hang ab, läuft eben aus, endet jäh an einer Kante. Auf
der Ebene, noch weit vor der Kante, taumelt der Heth
vorwärts. Einen Schrei trägt der Wind herbei, Arrom
ist sich sicher, ein weiterer Schuldiger fand den Tod.

»Auch du entkommst nicht«, spricht Arrom zu sich
selbst, eilt mit dem Speer in der Hand den Hang hinunter. Beim Rennen beobachtet Arrom den unentschlossenen Heth vor der Kante stehend, den besten
Abstieg suchend. Der Heth schaut sich zu Arrom um,
verschwindet hinter der Kante, dorthin eilt Arrom zielstrebig. Tief atmend erreicht Arrom die Kante, stiert
nach vorne gebeugt hinunter. Die Kante fällt steil und
tief ab, mündet in einem breiten Tal, auf dessen gegen-
überliegender Seite sich ein Berg hoch erhebt. Arrom
tastet sich mit seinem Fuß dichter an die Kante heran,
beugt sich weiter nach vorn, entdeckt den Heth nicht.

Über die gesamte Länge der Kante neigt der Felsen sich nach innen, der Grund für das lange Zögern des Heth. Mit seinem Speer in der Hand schreitet Arrom dicht an der Abbruchkante entlang, sucht die zerklüftete Felswand ab. Entfernt sich von der Stelle, an der der Heth hinuntergeklettert ist. Sucht aus der Ferne nach dem Heth, wechselt die Seite. Entdeckt weder den Heth noch eine geeignete Stelle zum Hinunterklettern.

»Wo ist er?«, ruft Mah, eilt von hinten heran.

»Ich kann ihn nicht entdecken«, antwortet Arrom, ohne seinen Blick vom Felsen abzuwenden. Mah schaut wie Arrom in die Tiefe.

»Wo ist er runtergeklettert?«

»Genau da, wo du stehst«, antwortet Arrom.

Mah legt sich auf den Felsen.

»Du musst meine Beine festhalten«, Mah schiebt seinen Oberkörper über die Kante.

»Ich sehe ihn, er ist abgestürzt«, ruft Mah mit gepresster Stimme, greift nach einem losen Stein im Felsen. Mah trifft die Brust des Heth, der bleibt leblos liegen.

»Der ist tot. Zieh mich zurück« sagt Mah und ergänzt »Alle sind tot« und Arrom hilft ihm auf.

»Die Geier kümmern sich um alles Weitere«, bemerkt Arrom, mit seinen Augen auf die Geier deutend, die vor dem blauen Himmel kreisen. Wortlos eilen sie zum Steilhang zurück, folgen seiner Abbruchkante. Erreichen den Pass, den sie zwei Tage zuvor hinunterstiegen, folgen ihm erneut. Unten auf der Ebene vor dem Pass versammelten sich Melech und Leamis mit den Kriegern.

»Wie schwer ist die Verletzung«, fragt Arrom, während Melech die Fleischwunde neben den vielen Hautabschürfungen von Leamis versorgt.

»Es sind keine Knochen gebrochen und alles andere wird heilen«, antwortet Melech und sein Blick verharrt auf der Haut von Leamis.

»Habt ihr ihn getötet?«, fragt er. »Er ist in eine Schlucht gestürzt«, antwortet Mah. Melech starrt vorwurfsvoll zu ihm auf.

»Hat dein Speer ihn getötet?« Melechs Blick verharrt auf Mah.

»Nein, aber er bewegt sich nicht.«

»Zeigt es mir« Melech wendet sich mit diesen Worten von Leamis ab und an die Krieger gewandt

»Bringt Leamis hinauf.«

»Wo ist er?«, fragt Melech mit vorgebeugtem Oberkörper an der Kante stehend. Mah legt sich auf den Felsen, Arrom hält erneut seine Beine fest.

»Dort unten liegt er, genauso wie zuvor«,

»Lass mich sehen«, entgegnet Melech, tritt gegen die Beine von Mah. Melech lehnt sich weit über die Kante,

Arrom hält seine Beine. »Ich sehe ihn, dort unten«, sagt Melech mit gepresster Stimme. »Er lebt, seine Augen sind offen. Er blinzelt mich an … Holt mich zurück.« Mit angehobenem rotem Kopf steht Melech vor Mah, »Ihr müsst ihn töten.«

»Niemand überlebt einen solchen Sturz«, entgegnet Mah fast leise.

»Ich bin ein Schamane. Ich weiß, wann sich mein Blick mit dem eines anderen trifft«, brüllt Melech mit einer kreischenden Stimme. Sein weites Auge quillt fast hinaus.

»Wie sollen wir ihn töten? Wir schaffen es nicht, hinunter zu klettern, ohne abzustürzen.«

»Und fliegen können wir nicht«, ergänzt Mah.

»Ich bin ein Schamane. Das Töten ist eure Aufgabe. Ihr seid die Krieger, die mit Speeren töten. Werft eure Speere auf ihn.« Die beiden Krieger schauen sich an, Arrom greift den Speer von Mah.

»Nein, nicht du, Arrom, Mah soll den Schuldigen töten«, wendet Melech ein. Erneut hält Arrom die Beine von Mah. Mah wirft den ersten Speer, ein ungeduldiges

»Und« ertönt von Melech. Mah antwortet nicht, wirft den zweiten Speer.

»Ich habe ihn getroffen«, sagt Mah, richtet sich auf.

»Lass mich sehen« entgegnet Melech, drängt sich an Mah vorbei. Erneut hält Arrom die Beine von Melech.

»Den Oberkörper und ein Bein«, murmelt Melech. Unterdessen bewegt sich die Wangenmuskulatur von

Arrom, ihm kommt ein Gedanke, den er sofort verwirft. Mit einem ungeduldigen »Wir gehen zurück!« fordert Melech Arrom auf, ihm auf die Beine zu helfen.

Melech, Arrom und Mah treffen oberhalb des Passes auf den von zwei Kriegern gestützten Leamis und die von weiteren Verletzungen verschonten Krieger. Ein gequältes Lächeln von Leamis begrüßt die drei Ankommenden.

»Mutter Sonne gibt uns noch genug Licht. Wir brechen auf und gehen zur Wasserstelle.«

»Ja, lasst uns diesen verfluchten Ort verlassen. Die Geier sollen sich nehmen, was ihnen gehört«, ergänzt Melech. Sein Blick schweift über die Ebene, wo an verschiedenen Stellen sich die Geier scharen, sie zerstückeln die Leiber der Schuldigen.

Lange, nachdem die Ahnen an ihren Feuerstellen sie durch die Täler und Schluchten begleitet hatten, erreichen sie die Wasserstelle. Verbringen dort einen weiteren Tag, ausruhend und ihre Wunden pflegend. Setzen am darauffolgenden Tag ihren Weg fort, zurück nach Kantis. Kommen nur langsam voran, nicht nur, weil man sich dem Tempo von Melech und dem noch gestützten Leamis anpasst. Auch gehen sie weit ab von den üblichen Wegen, machen Umwege, damit niemand sie entdeckt oder ihnen begegnet.

ГЛАВА 8

Die neuen Hordenführer

Am Morgen des zwanzigsten Tages ihrer Rückreise ist Kantis noch einen Tagesmarsch entfernt. Anstatt unverzüglich aufzubrechen, zögern Leamis und Melech den Aufbruch hinaus, entschließen sich erst, als Mutter Sonne am höchsten steht zum Aufbruch. Nähern sich in der nachlassenden Hitze des Tages Kantis, setzen ihren Weg fort und Mutter Sonne taucht in den Horizont ein.

Gleich ihrem Aufbruch vor über einem Mond leuchten bei ihrer Rückkehr die Feuerstellen der Ahnen über dem Tal von Kantis.

»Halt, wer da?«, ruft eine Stimme aus der Dunkelheit.

»Melech, Leamis und seine Krieger«, antwortet Melech mit lauter Stimme. Ein Krieger klettert von einem nahen Baum herunter, stößt einen grellen Pfiff aus. In wenigen Augenblicken eilen vier Krieger vom hellen Schimmer einer entfernten Feuerstelle herbei. Der Krieger vom Baum tritt vor Melech, mustert ihn.

»Wie war eure Reise und wo kommt ihr her?«

»Frage nicht und haltet uns nicht auf, es gibt Wichtigeres«, sagt Melech gereizt zu den fünf Kriegern, die ihm den Weg versperren.

»Habt ihr nicht gehört? Geht zur Seite und schweigt«, ruft Leamis. Die Krieger treten ohne Zögern zur Seite. Melech schreitet voraus, Leamis folgt zwischen den ihn stützenden Arrom und Mah, gefolgt von den übrigen Kriegern. Die fünf überraschten Gesichter der Krieger starren ihnen hinterher. In der Dunkelheit steigen sie hinab in das Tal von Kantis, die ersten Silhouetten der Hütten zeigen sich vor ihnen. Stehen friedlich im fahlen Licht von Vater Mond. Aus einer Hütte ertönt das Schreien eines Kindes, kurz darauf folgen die flüsternd tröstenden Worte seiner Mutter, sie beruhigt das aus einer Traumwelt erwachte Kind. Dies alles ist ihnen vertraut und ist doch anders. Wenn die Krieger sich dessen noch unsicher waren, erhalten sie jetzt ihre Bestätigung, sie kehren als andere zurück. Sie sind noch nicht in ihrem Heim angekommen, Melech führt die Krieger weiter, hinein in die Höhle der Schamanen.

Kamil sitzt vor ihrer Hütte, unwillkürlich schweift ihr Blick ständig hinauf zum Eingang der Schamanenhöhle, die zeichnet sich dunkel vom hellen Felsen ab. Vor ihr spielen Hagam und Sabum, begleitet von dem

rhythmischen Klacken ihrer aus den Schalen von Strau-
ßeneiern hergestellten Armbänder um ihr Handgelenk.
Kamil, schüttelt gleichmäßig eine mit Milch gefüllte
Kalebasse. Sie hat am Morgen von der Rückkehr einer
Horde Krieger in der vergangenen Nacht erfahren, unter ihnen Leamis und Melech. Einige Tage, nachdem
sich Arrom von ihr verabschiedet hatte, war ihr aufge-
fallen, dass auch Leamis und Melech sich nicht mehr
in Kantis aufhielten. Wie viele andere junge Krieger,
unter ihnen auch Mah. Leamis gab ihr Mut, aber ein
Schamane bei den Kriegern weist auf eine schwierige
und vielleicht sogar gefährliche Mission hin. Es hieß,
nicht alle kehrten zurück. Ihr Herz schlägt schneller
bei dem Gedanken, dass Arrom unter denen ist, die
nicht mehr leben.

Die meditative Ruhe in der Schamanenhöhle ist einem
geschäftigen Treiben gewichen. Die Schamanen pflegen
die Wunden der Krieger, reichen ihnen Essen und Wasser. Bereits bei ihrer Ankunft trennten die Schamanen
die Krieger voneinander. Brachten sie in verschiedene
Kammern des weit verzweigten Höhlensystems. Die
Krieger erhalten von allem das Beste, man erfüllt ihnen
jeden Wunsch und bleiben dabei isoliert. Die Schamanen stellen keine Fragen und geben keine Antworten.

Zuerst trat am frühen Morgen Melech vor den Schamanenrat und Sonnenkönig Omab in den Ratssaal. Melech berichtete von den Geschehnissen und beantwortete ihre Fragen. Leamis berichtete ebenfalls von den Geschehnissen und antwortete auf alle Fragen. Mittlerweile folgt ein Krieger nach dem anderen, jeder erhält die gleiche Aufmerksamkeit wie der vorherige, als hörten Sonnenkönig Omab und der Schamanenrat die Geschehnisse zum ersten Male.

Mit dem Untergang von Mutter Sonne beginnen die Beratungen des Schamanenrates, neben Sonnenkönig Omab ist Melech unter ihnen. Bis tief in die Nacht dauern die Beratungen an, finden mit dem ersten Licht von Mutter Sonne ihre Fortsetzung.

Am dritten Tag nach ihrer Rückkehr treten die Krieger einzeln zu weiteren Befragungen vor Sonnenkönig Omab und den Schamanenrat. Am vierten Tag nimmt Leamis an den Beratungen teil, sie dauern einen weiteren Tag an. Bei allen Teilnehmern der Prüfung herrscht Einigkeit, nur bei der Bewertung von Mah unterscheidet sich die Meinung von Melech und Leamis. Trotzdem entschied die Mehrheit des Schamanenrates und Sonnenkönig Omab für die Ernennung von Mah als Hordenführer. In der folgenden Nacht, der fünften nach ihrer Ankunft in Kantis, unterbrechen Schritte die Stille in den Gängen der Schamanenhöhle.

»Du sollst mit mir kommen«, hört Arrom eine Stimme, richtet sich von seinem Schlaflager auf. Ein Schamane der Chem steht im Licht seiner Fackel vor ihm. Arrom folgt dem kleinen Schamanen im Schein seiner Fackel durch die dunklen Höhlengänge. Ein schwacher Schimmer ein paar Schritte voraus und aus einer Gabelung tritt Mah hinzu, einem weiteren Schamanen mit Fackel folgend. Arrom schaut in das erstaunte Gesicht von Mah »Sag bloß, du warst die letzten Tage hier in der Schamanenhöhle?«, fragt Mah.

»Wie, du nicht?«

»Natürlich nicht, ich war bei Lale. Wenn ich das gewusst hätte, wäre ich zu Kamil gegangen …« Mah bricht ab. Arrom bemerkt das nicht, seine Gedanken kreisen um Kamil.

»Ich hoffe, wir kommen jetzt hier raus.« Vertraute Stimmen reißen Arrom aus seinen Gedanken. Sein Blick trifft das breit grinsende Gesicht von Mah. Alle verbliebenen achtzehn Krieger versammeln sich im Ratssaal, umgeben von dem Schamanenrat, Sonnenkönig Omab und Leamis.

»Ihr seid nun andere«, beginnt Sonnenkönig Omab mit aufgerichtetem Körper, »die Erlebnisse verbleiben für immer bei euch, dadurch werdet ihr stärker und innerlich wachsen. Bald führt ihr selbst Krieger, die voller Vertrauen zu euch aufblicken. Dieses Vertrauen ist allgegenwärtig und wird euch ständig begleiten.

Genauso habt ihr das Vertrauen gerechtfertigt, das wir seit Beginn der Prüfung in euch setzten.« Mit einem kurzen Blick auf Melech unterbricht Sonnenkönig Omab. »Nie wieder werdet ihr über eure Prüfung und das Geschehende sprechen, zu keinem Vertrauten und auch nicht untereinander. Zu keinem Schamanen, nicht zum Schamanenrat und zu keinem König. Dieses Schweigen begleitet euch bis zum Ende eurer Tage. Solltet ihr das Schweigen brechen, so folgt die Bestrafung.«

»Wir schweigen bis zum Ende unserer Tage.« Antworten die Krieger aus einem Mund.

Zufrieden lässt Sonnenkönig Omab seinen Blick über die Krieger schweifen.

»Eure Ernennung zum Horden-Führer verkünde ich beim nächsten Vollmondfest. Nutzt die Tage, wählt den Namen eurer Horde und trefft gemeinsam mit dem Ältestenrat die Wahl eurer Krieger. Und nun geht in eure Hütten!« Wie zur Bestätigung seiner Worte führt Sonnenkönig Omab seine offenen Hände von der Brust nach vorn.

Kamil ist sofort wach, hört die Bewegung des Antilopenleders. Ihre weit aufgerissenen Augen starren auf die vor ihr aufragende Lehmwand. Dazwischen schlafen Hagam und Sabum. Sie wartet und hofft seit Tagen, gepaart mit Zweifeln. Arrom kehrte nicht zurück, alle wissen es schon, nur ich nicht oder er war nicht dabei, aber wo ist er und wieso nicht bei mir? Die Ungewissheit raubt ihr Hunger und Schlaf. Gleich dieser Nacht ist sie jede Nacht zuvor vom kleinsten Geräusch erwacht, schlief jedes Mal voller Enttäuschung halb dösend wieder ein. Sie dreht sich nicht um, zu groß die Enttäuschung, wenn es nicht Arrom ist, den sie sieht. Ihre Lippen zittern, ihre Gedanken richten sich flehend an Vater Mond. Ihr scheint es, als sei die ganze Hütte von Arrom erfüllt, sein Geruch, der Atem und der Klang seiner Bewegungen. Oder ist es doch nur sein Geist, der Abschied nimmt oder alles nur ein Traum.

Kamil drehen sich die Sinne, es pocht das Blut in ihrem Kopf. Ein tiefes Brummen, ein Körper legt sich zu ihr, schmiegt sich dicht an ihren Rücken und ein Arm umschließt sie sanft. Kamil muss nicht fragen oder hinschauen, sie weiß Arrom liegt bei ihr, die Finger ihrer Hand greifen zwischen die seinen. Eine kleine Träne kullert aus ihrem Auge, ihre Finger drücken fest zu, sie spürt, es ist kein Geist, Arrom ist hier bei ihr. Sie hat so viele Fragen, stellt sie niemals, nur wenn Arrom erzählt, erhält sie eines Tages Antworten.

Weitere Tage vergehen, in denen Arrom zusammen mit dem Ältestenrat seine Krieger auswählt. Unter ihnen befinden sich Nekan und der große Tuscha. Welchen Namen seine Horde tragen soll, bleibt für ihn selbst lange ein Rätsel. Am Tag vor dem Vollmondfest erfährt er eine Eingebung: ›Buschbock-Horde‹. Zu Ehren seines Vaters Hagam, getötet durch einen Buschbock.

In der folgenden Nacht zum Vollmondfest verkündet Sonnenkönig Omab siebzehn Krieger und Arrom zu neuen Hordenführern.

Arrom nennt den Namen seiner Horde, der Buschbock-Horde.

Ende Band 1

VORSCHAU

Band 2 / Weihnarba

Die Familiensaga setzt sich fort, in der sich das Schicksal vom kleinen Sabum erfüllt und doch wächst die Familie von Kamil und Arrom. Während um sie herum das Reich Marbel sich verändert und Wesen aus einer alten Sage zurückkehren.